제목 하나
바꿨을 뿐인데

제목 하나 바꿨을 뿐인데

매혹적인 인터넷뉴스의 모든 것

김용철 지음

봄의정원

인터넷뉴스, 제목으로 유혹하기

디지털 문맹이었다. 아날로그가 더 편했다. 온종일 스마트폰을 들여다보는 일은 고역이었다. 아침 6시부터 밤 12시까지 SNS로 뉴스를 전달할 때는 진이 **빠졌다**. 맞지 않는 옷을 입은 것처럼 거북했다. 디지털 부서에 가라고 누가 떠밀지는 않았다. 내 선택이었다. 막연하게 생각했다. 다들 포털로 뉴스를 보는데, 신문만 만들어서 밥 먹고 살 수 있을까. 경험해보고 싶었다, 디지털 세상은 어떤 곳인지.

신문 편집자로만 20년 가까이 살았는데 잘할 수 있을까 걱정이 앞섰다. 그것도 처음 맡은 직책이 SNS 팀장이라니. 트위터는 하지도 않고, 페이스북만 가끔 들여다보는 수준인데, 청천벽력이었다. 도대체 뭘 믿고 그런 인사를 냈나 싶었다. 당시 대학원을 다니며 외국 언론의 디지털 변화를 흥미롭게 공부하고는 있었지만 실전력 하나 없이 이론만 겨우 훑고 있는 초짜에겐 버거운 자리였다. '피할 수 없으면 즐겨라'는 말도 사치였다. 피할 수 있으면 피하고 싶었다. 결국 눌러앉았지만 가시방석이었다. 디지털 제작 시스템을 익히는 것부터 SNS 계정 만드는 일까지 서둘러 배워야 했다. 물불 가릴 때가 아니었다. 수많은 시행착오를 거치며 2년 6개월을 디지털 부서에 있었다. 녹록지 않은 도전이었다.

디지털은 신문 편집자로서 경험하지 못한 전장이었다. 포털 뉴스 메인이라는 바늘구멍을 통과하려고 매시간 시험을 치르는 수험생 같았다. 이 기사는 포털이 걸어줄 것 같은데, SNS에 올리면 대박 나겠는데……. 섣부른 예측은 낭패를 보기 일쑤였다. 그때부터 궁금했다. 도대체 잘 팔리는 인터넷뉴스가 뭘까, 어떤 제목이 디지털에서 끌릴까. 늦게 배운 도둑질 날 새는 줄 모른다고, 나름 열심히 매달렸다. 희미하지만 하나씩 잡히기 시작했다. 이런 기사엔 이런 제목, 저런 기사엔 저런 제목이 통하는구나. 디지털 편집자만 경험할 수 있는 희열이 있었다. 실전만큼 강한 무기는 없었다.

디지털 부서에 처음 온 기자들이 공통적으로 느끼는 고

충이 있다. 바로 트래픽이다. 성적표를 매일 받아보니 스트레스가 장난이 아니다. 트래픽이 저조하면 마치 일을 안 한 것 같아 마음이 찜찜하다. 기복이 심할 때가 있다. 어떤 날은 화산이 폭발하듯 반응이 뜨겁고, 어느 날은 휴가철 도심처럼 썰렁하다. 답답했다. 도대체 어떤 물건에 손님이 몰리고, 손님이 뜸할까. 궁금증을 풀고 싶은 욕구가 생겼다. 인터넷뉴스, 너란 녀석은 누구냐.

시작이었다. 인터넷뉴스 제목의 교본을 만들자. 어떤 뉴스가 디지털에서 잘 팔리는지, 어떤 제목이 독자를 끌어당기는지 정리하자. 무조건 디지털로 이동하자가 아니고, 어디로 가야 하는지 구체적 방향을 잡아주면 도움이 되지 않을까. 다들 막연하게나마 알고는 있다. 막말과 갑질, 갈등이 디지털에서 화약고란 사실을. 셀럽의 한마디가 1주일 공들여 쓴 기사보다 더 읽힌다는 현실을. 그럴 땐 자괴감이 든다. 그리고 내뱉는다. "디지털은 가벼워."

언론은 오랫동안 소통에 소홀했다. 독자들이 가려워하는 곳이 어딘지 궁금해하지 않았다. 여론을 만드는 주체는 기자고 언론이란 생각이 팽배했다. 정보가 공유되며 세상이 변했다. 정보는 언론에만 몰리지 않는다. 언론은 정보를 얻는 하나의 수단일 뿐, 개인들은 직접 뉴스 인물의 SNS를 들여다보고, 친구맺기로 독자적으로 뉴스를 판단한다. 언론도 알고 있다, 과거의 뉴스 공급 방식이 한계에 다다랐다는 사실을. 독자를 알아야 뉴스를 팔 수 있는 시대라는 걸 체감하고 있다.

이 책은 그 간극을 좁히고자 하는 시도다. 독자들이 많이 보는 뉴스는 어떤 것인지, 독자들이 어떤 제목에 클릭을 하는지 정리했다. 독자들은 날씨에 민감하고, 땀 흘린 르포기사에 뜨겁게 호응한다. 갑질에 공분하고, 미담 기사에 '좋아요'를 선물한다. 정답을 말해주는 제목보다 궁금증을 자극하는 의문형 제목을 더 선호한다. 라임을 맞춘 맛깔난 제목에 눈길을 멈추고, 복잡한 사안을 알기 쉽게 풀어쓴 제목에 오래 머무른다.

이 책은 크게 세 장으로 구성했다. 첫째 장 '기본 편'은 인터넷뉴스의 특징을 담았다. 디지털이 신문과 방송 등 전통 미디어와 다른 점을 중점적으로 다뤘다. 둘째 장 '심화 편'은 제목의 기본 원칙을 정리했다. 제목도 기사처럼 ABC가 있다. 편집의 원칙이라 할 수 있다. 취재기자들이 제목을 직접 달아 디지털로 출고할 때 도움이 되도록 핵심적인 부분만 간추렸다. 셋째 장 '응용 편'은 디지털에서 잘 읽히는 뉴스와 제목을 꼽았다. 모든 걸 담을 수는 없었다. 비슷한 기사가 있을 때 참조하면 대체로 포괄하지 않을까 생각한다.

'편집엔 정답이 없다'는 말을 많이 한다. 이 책 또한 인터넷뉴스의 정답을 말하고자 쓴 책이 아니다. 길라잡이일 뿐이다. 디지털 일을 하며 답답할 때 꺼내 읽을 만한 책이 되기를 바란다.

2018년 김용철

디지털은 디테일이다

기본 편

한 줄 단칼 승부

강원랜드 합격자 518명 중 493명이 '빽' 있었다

음이온 침대서 발암물질 '라돈' 검출

이대목동병원 중환자실 신생아 4명 사망

친일파 이완용 재산 '여의도 면적의 7.7배'

부산교도소서 폭행당한 재소자 사망

메르스 환자 3년만에 발생

기무사, 촛불집회 계엄령 문건 작성

세가와병을 뇌성마비 오진…13년간 모른 대학병원

국정원, 댓글알바 30개팀 3500명 운영했다

회장님의 일당 5억 '황제노역'

연예 병사들의 '화려한 외출'

111년만의 '최악 폭염'…서울 40도 육박

뉴스가 차고 넘칩니다. 버스와 지하철엔 한 줄 뉴스가 쉼 없이 자막으로 흐릅니다. 스마트폰을 열기만 하면 언제든 따끈따끈한 뉴스를 볼 수 있습니다. 뉴스 전성시대입니다. 네이버와 다음, 구글은 뉴스를 모으고 퍼뜨리는 콘텐츠 기지입니다. 수산물 경매시장처럼 팔딱팔딱 살아 움직이는 소식이 가득한 뉴스 경매시장입니다. 재빠른 중개인의 손 짓보다 더 빠르게 누리꾼들의 눈을 사로잡기 위한 보이지 않는 전투가 초 단위로 벌어집니다. 싱싱한 물고기의 경매 가가 높듯 싱싱한 뉴스가 트래픽(접속량)이 많습니다. 조금 이라도 시들해지면 제값을 받기 어렵습니다. 메인 뉴스 창 에서 사라지면, 특정한 검색어를 입력해서 찾아봐야 걸리 는 떨이로 운명을 마칩니다. 승자만이 살아남는 약육강식 의 혈투, 흡사 동물의 세계입니다.

포털에 한번 들어가볼까요? 네이버 뉴스 창에 들어가면 60~70개 안팎의 기사가 첫 창에 보입니다. 다음 뉴스 창 도 비슷합니다. 고객 전화를 기다리는 대리기사처럼 클릭 을 기다립니다. 그럼, 하루에 생산되는 뉴스 꼭지는 몇 개 나 될까요? 네이버 뉴스 스탠드에 주요 언론사로 등록된 25곳만 보죠. 한 언론사가 하루에 100개의 기사를 디지털 에 출고한다고 단순하게 계산하면, 2,500개의 기사가 쏟아 집니다. 디지털용으로 따로 쓰는 기사까지 더하면 못해도

3,000개의 기사가 매일 쏟아집니다. 인터넷 언론까지 범위를 넓히면 그 수가 훨씬 늘어납니다. 그 많은 기사 중에서 메인 뉴스 창에 노출될 확률은? 3퍼센트에 채 못 미칩니다. 포털이 수시로 업데이트하며 뉴스를 회전시킨다고 해도 전체 기사 중에서 5퍼센트 정도만 잠깐 얼굴을 내밉니다. 한 언론사 뉴스가 열 개 정도만 고정적으로 포털 메인 뉴스 창에 올라가면 그날 트래픽은 고민하지 않아도 됩니다. 낙관적인 바람이지만 현실은 훨씬 냉혹합니다.

인터넷뉴스 제목은 단 한 번에 상대를 제압하는 무림고수처럼 단 한 줄로 승부를 봐야 합니다. 20자 안팎의 제목으로 확 느낌을 줘야 합니다. 기사를 읽고 싶어 미치도록 만들어야 합니다. 말이 쉽지 녹록하지 않습니다. 재치 있는 감각에 뉴스의 핵심을 간파해서 압축하는 능력이 필요합니다. 어찌 보면 편집의 기본입니다.

인터넷뉴스 편집의 제1원칙은 무조건 한 줄로! 신문처럼 지면 제약도 없는데, 쓰고 싶은 제목 마음껏 달 수 없냐고요? 안 됩니다. 욕심을 버리고 꼭 하고 싶은 내용만 제목으로 담아야 합니다. 가지 많은 나무 바람 잘 날 없습니다. 곁가지를 과감하게 쳐내야 나무가 잘 자랍니다. 제목도 곁가지를 쳐내야 핵심이 한눈에 쏙 들어옵니다. 간혹 취재 부서에서 보내온 기사를 보면 메인 제목에 부제까지 합쳐 60자가 넘는 경우가 있습니다. 하고 싶은 말이 많은 것이지요. 이것도 중요하고 저것도 중요하고. 기사를 쓰는 기자 입장에서 보면 당연합니다. 욕심을 버리기가 쉽지 않지요. 욕심이 커지면 커질수록 제목은 죽도 밥도 안 됩니다.

제목은 버리는 작업입니다. 정말 중요한 핵심만 뽑아내고 나머지는 버리는 일입니다. 그게 가능한 이유는 편집자가 제3자이기 때문입니다. 객관적인 관찰이 가능한 위치입니다. 욕심을 부릴 필요가 없습니다. 객관적으로 기사를 읽고, 독자들이 이것만큼은 꼭 알았으면 좋겠다는 내용으로 제목을 뽑으면 끝. 줄이면 줄일수록 좋은 게 몸무게만이 아닙니다. 제목에도 다이어트가 필요합니다. 편집을 처음 배울 때 선배 편집자가 이런 말을 했습니다. "편집은 큰 글자로 쓰는 기사다." 제목의 압축 기능을 말하는 것이었습니다. 200자 원고지 10매 기사를 20자 이내 기사로 줄이는 것, 그것이 제목입니다.

무조건 20자 한 줄로? 뭔가 부족하지요? 20자로 줄이는 일은 그리 어렵지 않습니다. 문제는 기사의 핵심을 간파해서 알기 쉽게 20자 제목으로 뽑아내는 일입니다. 이때 꼭 담아야 할 내용은 키워드, 즉 핵심 단어입니다. 기사가 전달하고 싶은 많은 내용 중에 핵심어를 담아야 합니다. 키워드는 시에 빗대면 소재입니다. 안도현의 「너에게 묻는다」라는 시가 있습니다. '연탄재 함부로 차지 마라 / 너는 / 누구에게 한 번이라도 뜨거운 사람이었느냐.' 이 시의 소재는 연탄입니다. 연탄은 시인이 말하고자 하는 바를 명쾌하게 보여주는 키워드입니다. 소재가 사라진 제목은 단팥 빠진 단팥빵입니다.

키워드를 잡았으면 요리를 해야 합니다. 어떻게 요리하느냐에 따라 맛이 달라집니다. 기사를 요리하는 셰프, 편집자의 손에 기사의 맛이 달려 있습니다. 재료가 싱싱하다면 더할 나위 없지만, 평범한 재료로 맛깔난 요리를 내놓는 게 셰프의 능력. 유능한 편집자는 평범함을 거부합니다. 실패할지언정 도전합니다. 세상에 하나뿐인 제목을 내놓기 위해 머리를 쥐어짭니다. 이런 제목 어떠십니까? '줄사표…출사표'. 입에 착 감깁니다. 한 글자 바꿨을 뿐인데 기사를 쓴 취지가 명쾌하게 다가옵니다. '소니, 우니'라는 제목도 감각적입니다. 라임을 맞추고 입말을 살렸습니다. 좋은 제목은 의외로 우리가 쓰는 입말을 잘 살린 경우가 많습니다. 입말의 장점은 문어체가 아닌 구어체만이 갖는 힘입니다. 자주 쓰는 말이다 보니 이해하기도 쉽습니다. 감각적인 제목은 메마른 사막에 오아시스입니다. 누리꾼들이 클릭하지 않고 넘어갈 수 없습니다. 기사를 살리는 제목입니다.

인터넷뉴스의 또 다른 특징은 속보입니다. 디지털에서 속보는 자동차의 기름과 같습니다. 속보가 없으면 달릴 수 없습니다. 지진이 났다는 속보가 뜨면 홈페이지 톱을 신속하게 바꿔야 합니다. 가게 물건이 싱싱하다는 입소문이 나야 장사가 됩니다. 매일 아침 청과물시장에서 신선한 과일을 가져와 매장에 풀어야 손님을 만족시킵니다. 이틀 지난 과일을 내놓고 장사를 하면 손님에 대한 예의가 아닙니다.

속보를 다루는 제목에서 핵심은 '뉴스'가 무엇인지 찾는 것입니다. 아침 신문에서 다룬 내용을 체크하고 있지 않으면 자칫 똑같은 제목을 뽑을 수 있습니다. 뉴스가 어디까지 진행됐는지 꿰차고 있어야 합니다. 그래야 속보를 전달할 때 새로운 뉴스를 제목으로 뽑을 수 있습니다. 인터넷뉴스 편집자들도 신문 편집자 못지않게 뉴스를 꼼꼼하게 챙겨봐야 합니다. 부지런해야 합니다. 뉴스의 맥락을 알고 있어야 핵심에 가까이 다가갈 수 있습니다. 좋은 제목은 뉴스를 완전히 소화해서 자기 것으로 만들었을 때 나옵니다. 설익은 제목은 국물이 우러나지 않은 설렁탕처럼 밍밍합니다.

음식에 빗대면, 신문 제목은 코스 요리입니다. 반면 디지털 제목은 단품입니다. 자장면만 파는 중화요릿집입니다. 자장면이 맛없다고 짬뽕을 시킬 수 없습니다. 오직 자장면뿐입니다. 자장면이 맛없으면 장사를 접어야 합니다. 손님은 갈 곳이 많습니다. 화려한 인테리어로 한 번 호객행위를 할 순 있어도, 맛이 없으면 손님은 다시 찾지 않습니다. 자장면으로 정면승부해야 하는 음식점처럼, 인터넷 뉴스 제목은 한 줄로 독자를 사로잡아야 합니다.

* * *

2015년 한국언론진흥재단의 언론수용자 의식조사를 보면, 우리나라 사람들이 신문을 보는 시간은 고작 7.9분입니다. 텔레비전 이용 시간이 153.8분으로 가장 길고, 이동형 인터넷(스마트폰이나 태블릿 PC 등) 56분, 고정형 인터넷(PC) 47.8분, 소셜미디어(페이스북, 인스타그램 등 SNS) 22.7분입니다. 신문 보는 시간은 화장실에 앉아 있는 시간과 비슷합니다. 관심 있거나 재미있는 기사만 읽을 뿐 1면부터 마지막 면까지 꼼꼼히 읽는 독자는 없다고 봐야 합니다. 위 통계만 봐도 디지털로 뉴스를 보는 시간이 신문보다 압도적으로 많습니다. 물론 인터넷에 들어가 뉴스만 보지 않고 웹툰을 보거나 쇼핑을 할 수도 있으니 순수하게 뉴스를 이용하는 시간은 한 시간이 채 안 될 수도 있습니다. 그래도 신문을 읽는 시간보다는 깁니다. 인터넷뉴스 경쟁이 갈수록 치열해지는 이유입니다. 지금 이 순간에도 누리꾼들의 찰나의 선택을 받기 위한 전투가 벌어지고 있습니다. 잘 뽑은 한 줄 제목, 100만 명이 열렬하게 환호하는 '그뤠잇'입니다.

공분할 때 뜨겁다

아들 잃은 경비원에 전보 조치 막말한 구의원

"콩국수 면발이 왜 이렇게 굵어?"…회장님 지적에 조리사 해고

"한국말 쓴다며 해고" 델타항공 직원 소송

"회장님 뵙는 날…밤잠을 설쳤죠" 아시아나 '갑질' 영상

1만원짜리 치과 레진치료가 60만원

'물벼락 갑질' 조현민, 대한항공·진에어 퇴직금 13억

미스터피자 정우현 회장 '치즈 통행세' 유죄

어린이집 교사, 네 살 아이 폭행 CCTV 충격

'크림빵 뺑소니' 징역 3년 선고에 누리꾼 '부글부글'

해외출장 한 번에 1억원 넘게 쓴 지사·시장님

"여자는 애 낳는 기계다"…부산 여고생들 '미투'

한국당 대변인 '이부망천' 발언 일파만파

'땅콩 회항 조○○', '기사 폭행 이○○', '기내 난동 김○○', '패악질 임○○'……. 이 인물들의 공통점은? 대중의 공분을 산 사건의 주인공들입니다. 갑질로 여론의 질타를 받은 금수저들입니다. 이들의 몰지각한 행동은 많은 사람들을 들끓게 했습니다. 우리는 왜 평범한 장삼이사들의 일탈보다 사회적 영향력이 큰 인물의 부적절한 행동에 더 분노하는 것일까요?

뉴스의 속성과 관련되어 있습니다. 뉴스는 늘 새로운 것을 찾습니다. 평범한 일들은 뉴스 가치가 없습니다. 일상적으로 벌어지지 않는 특이한 현상이 뉴스가 되는 것이지요. 땅콩 한 쪽 때문에 비행기 머리를 돌리는 어처구니없는 일이 자주 있을까요? 항공사 회장 딸이기에 가능한 일입니다. 상습적으로 운전기사를 폭행하는 안하무인 행태는 어디에서 비롯됐을까요? 내가 월급을 주니까 맘대로 해도 된다는 생각이 깔려 있습니다. 비행기 안에서 술에 취해 난동을 부리다 국제적 망신을 산 중견 기업체 사장 아들은 또 어떻습니까? 철모르는 아이들이 순간의 감정을 못 이겨 일탈된 행동을 했다면 일회성 사건으로 곧 묻혔을 겁니다. 하지만 모두 알 만한(?) 분들이 보여준 행동이었기에 분노의 강도가 높았습니다.

공분을 일으키는 뉴스는 디지털에서 파급력이 큽니다.

포털과 SNS에 공유되면 순식간에 퍼집니다. 댓글 수백 개가 삽시간에 달리며 실시간 검색어 상위에 오릅니다. 뉴스의 활화산이 됩니다.

왜 디지털에서 공분형 뉴스가 뜨거울까요?

첫째, 주인공의 악행이 정점을 향할수록 시청률이 오르는 막장 드라마와 비슷합니다. 평범한 스토리로는 시청자들을 사로잡지 못합니다. 악역 배우 한 명이 시청률을 올리듯, 유명인의 비상식적 말과 행동이 트래픽을 끌어올립니다. 누리꾼들은 총알이 장전된 총과 같습니다. 누군가 방아쇠만 당겨주면 바로 발사됩니다. 그 방아쇠가 바로 공분을 일으키는 소재입니다. 막장으로 치달을수록 누리꾼들의 반응도 불붙습니다.

둘째, 정의감입니다. 개인은 약하지만 여럿이 같은 목소리를 내면 힘이 됩니다. 청와대 국민청원 게시판이 뜨거운 이유입니다. 여론의 힘은 강합니다. 공분을 일으키는 사람은 '공공의 적'입니다. 공공의 적에 맞서 싸운 개인들이 만든 실시간 검색어는 여론의 지표가 됩니다. 대중의 공분의 크기가 클수록 실시간 검색어 순위가 오릅니다. 공분을 일으키는 뉴스일수록 속도도 빠릅니다. 물의를 일으킨 장본인이 사과하고 법의 심판을 받으면 누리꾼들은 세상을 조금이나마 바꿨다는 희열을 느낍니다. 이런 반복된 경험이 또 다른 공분에 뜨겁게 반응하게 합니다.

공분형 뉴스 제목은 어떻게 뽑아야 할까요?

첫 번째 팁, 사건의 특징을 가장 잘 드러낼 수 있는 단어를 뽑아야 합니다. 사람일 수도 있고, 사건일 수도 있습니다. 뜨거웠던 '땅콩 회항' 사건을 예로 들어볼까요. 비행기 머리를 돌리게 한 발단은 마카다미아라는 견과류 서비스가 마음에 들지 않았기 때문입니다. 마카다미아는 비행기를 자주 이용하는 사람들조차 낯섭니다. 기사를 처음 접한 편집자가 모르면 독자들도 대체로 모릅니다. 어떻게 해야 하죠? 쉽게 이해하도록 도와야 합니다. 마카다미아도 땅콩 종류니까 굳이 어려운 단어인 마카다미아 대신 '땅콩'을 선택합니다. '회항'이라는 단어를 제목으로 삼은 이유는 비행기를 되돌린 사건의 핵심 키워드이기 때문입니다. 항공법 위반은 둘째치고, 멀쩡하게 운항하는 비행기를 땅콩 서비스가 안 좋다고 회항시키는 일이 믿기지 않습니다. 이렇게 항공사 회장 딸이 마카다미아 서비스를 트집 잡아 운항하던 비행기를 되돌려 착륙시킨 어이없는 사건을, 한눈에 들어오게 정리한 키워드가 '땅콩 회항'입니다. 어떤 편집자는 '대한항공 회항'이라고 키워드를 뽑았습니다. 어느 쪽이 더 끌립니까?

사회적 파장이 크고, 상당 기간 이슈가 지속될 기사엔 이처럼 네이밍(이름 붙이기)을 합니다. 이 사건이 무슨 사건인지 알 수 있는 장치를 두는 것이지요. 좋은 네이밍은 모든 언론이 뒤따라 사용합니다. 사건의 핵심을 짚으면서도 이해하기 쉬운 말을 쓸수록 효과가 좋습니다. 디지털 제목을 달 때, 네이밍을 잘해서 포털에 내보내면 연재기사로 묶어 노출을 많이 해줍니다.

두 번째 팁, 독자들이 직관적으로 이해할 수 있는 단어나 문장을 뽑아야 합니다. 사회적으로 물의를 일으킨 사건일수록 누리꾼들은 발 빠르게 반응합니다. 그런 만큼 많은 사람들이 공감할 수 있는 제목을 뽑는 게 좋습니다. 감정에 치우친 단어는 일단 제외하고, '나도 저런 생각을 했는데' 하고 고개가 끄덕여지는 제목 말입니다. '갑질'이나 '금수저'같이 섹시한 단어가 포함되면 금상첨화겠지요. 이런 단어는 사실 사람들이 그 당시에 많이 쓰는 단어일 확률이 높습니다. 몇 년 전만 해도 '갑질', '금수저', '흙수저' 같은 표현은 없었습니다. 어떤 일을 계기로 사람들이 자주 쓰다 보니 자연스럽게 통용되었습니다. 사람들의 정서를 잘 대변할수록 생명력이 깁니다. 요즘 유행어는 무엇인가요? 청소년들이 자주 쓰는 단어는 무엇입니까? 신조어를 모르면 디지털 세계에선 문맹자 취급을 받습니다. 평소에 뉴스나 책, 영화 등을 보며 화제가 된 내용을 기록해놓아야 적재적소에 요긴하게 쓸 수 있습니다.

세 번째 팁, 맥락이 비슷한 뉴스들을 묶어 부가가치를 높여야 효과가 좋습니다. '재벌 2세들 갑질, 왜 반복되나', '갑질 폭력의 심리, ○○○에 있다', '범죄의 재구성' 같은 분석형 제목에 독자들은 끌립니다. 사람들은 감정이 격해진 1차 반응이 지나면, 차분히 사건을 돌아보려는 경향이 있습니다. 왜 비슷한 사건이 반복되는지, 구조적인 면이 있지는 않은지, 사건을 종합적으로 보려고 합니다. 이때 사건의 기승전결이나 심리학적 해석 등을 살피는 제목을 달면 효과가 좋습니다. 단, 제목만 너무 앞서가는 낚시성이 되지 않도록 주의해야 합니다.

* * *

제목은 흐르는 물과 같습니다. 대중의 공분이 클 때는 감정의 파도에 올라타야 합니다. 너무 앞서지도 뒤처지지도 않게. 너무 앞서면 선동이 되고, 뒤처지면 외면당합니다. 인터넷뉴스 제목은 튀어야 한다는 강박이 있습니다. 비슷한 기사가 넘쳐나면서 포털에 내 기사가, 내 제목이 걸리기를 바라는 마음에서 비롯됩니다. 튀는 제목을 마다할 이유는 없습니다. 문제는, 내용 없이 제목만 튀는 경우입니다. 형식은 내용과 조응할 때 빛이 납니다. 침소봉대를 경계해야 합니다. 기사 내용에 어긋나지 않으면서 튀는 제목을 고민해야 합니다. 어뷰징(클릭 수를 늘리기 위해 비슷한 기사를 반복적으로 올리는 행위)을 남발했던 적이 있습니다. 실시간 검색어 상위에 오른 키워드로 기사를 만들고, 토씨 하나 바꿔서 계속 재생산해 트래픽을 끌어올렸습니다. 인터넷뉴스 시장을 황폐화시킨 주범이었습니다. 감점제가 도입되고, 어뷰징을 남발한 언론을 포털에서 퇴출시킨다는 방침이 정해진 뒤에 수그러들긴 했습니다. 그러나 유혹은 늘 그림자처럼 따라다닙니다.

디지털 기사가 가볍다는 건 분명 편견입니다. 디지털 제목도 마찬가지입니다. 잘 뽑은 디지털 제목은 신문 지면에 등장하기도 합니다. 디지털 제목의 힘은 공감입니다. 편집자 혼자 잘난 체하는 제목은 0점짜리입니다. 사람의 마음을 들었다 놨다 하는 제목, 누리꾼들이 가장 선호하는 제목입니다. 오늘 독자들의 마음을 움직일 걸작이 떠올랐나요?

이장한(65) 종근당 회장 겸 전국경제인연합회 부회장이 운전기사를 상대로 폭언을 하고, 불법 운전을 지시한 정황이 드러났다. 복수의 피해자들은 "회장의 폭언으로 극심한 스트레스에 시달렸다"고 입을 모았다. 이 회장의 폭언 등 '갑질'로 최근 1년 사이에만 3명의 운전기사가 잇따라 회사를 그만뒀다.

2015년부터 1년가량 이 회장의 차량을 운전했던 ㄱ씨가 13일 〈한겨레〉에 제공한 녹취 파일을 들어보면, 이 회장은 운전 중이던 ㄱ씨를 향해 "×× 같은 ××. 너는 생긴 것부터가 뚱해가지고 자식아. 살쪄가지고 미쳐가지고 다니면서 (…) 뭐 하러 회사에. ×× 같은 ××, 애비가 뭐 하는 놈인데 (…)", "××처럼 육갑을 한다고 인마. (…) 아유, 니네 부모가 불쌍하다 불쌍해, ××야" 등의 폭언을 했다. 이 회장은 ㄱ씨에게 "월급쟁이 ××가 일하는 거 보면 꼭 양아치 같아 이거. ××야 너는 월급 받고 일하는 ××야. 잊어먹지 말라고. 너한테 내가 돈을 지불하고 있다는 거야. 인마 알았어?" 등의 강압적인 태도도 보였다. 계속되는 이 회장의 폭언을 참지 못한 ㄱ씨는 결국 회사를 그만뒀다.

〈한겨레, 2017.7.14〉

미담에 '좋아요'

경비실에 에어컨 달고 전기세까지…주민이 선물한 '폭염 드라마'

택시에 두고 내린 현금 3억…기사가 주인에 되돌려줘

"각시만 꺼낼 수 있나" 화마 덮친 군산주점 의인 임기영씨

'쌩쌩' 도로 위 피 흘리며 쓰러진 노인 구조한 간호사

아파트 화재에 인명 구하고 숨진 경비원

불길 속 할머니 구한 스리랑카 의인 니말

혹한에 쓰러진 할아버지에 패딩 벗어준 중학생들

'묻지마 폭행' 온몸으로 막은 '낙성대 의인'의 눈물

제천 스포츠센터 불길 뚫고 목숨 구한 '의로운 영웅들'

"의료진 없나요" 방송에 한달음…열차서 생명 구한 의사들

심폐소생술로 할아버지 살린 열세살 초등학생

'누가 놓고 갔을까' 동전·꼬깃꼬깃한 지폐 한가득

삶이 삭막할수록 훈훈한 미담이 잔잔한 감동을 줍니다. 추운 겨울 사랑의 온도탑 온도가 오르듯이 미담 뉴스가 사람들의 마음을 달굽니다. 방송사 앵커들은 12월 한 달은 '사랑의 열매' 배지를 가슴에 달고 프로그램을 진행합니다. 연례행사이기는 해도 한때나마 우리가 이웃이라는 사실을 상기시켜줍니다. 힘들게 삶을 꾸려가는 이들에게 희망의 손을 내밀자는 후원 광고도 줄을 잇습니다. 구세군 자선냄비 종소리는 인파를 뚫고 우렁차게 울립니다. 인지상정입니다.

독일의 뇌과학자 베르너 지퍼는 인간은 뇌와 신경계에 타인과의 관계를 탐지하는 기능을 가지고 태어난다고 합니다. 다른 사람의 마음을 읽고 공감할 수 있는 공감 뉴런이 있다는 것이지요. 다른 사람의 고통과 감정을 이해하는 것은 지극히 인간스러운 행위입니다. 우리가 '얼굴 없는 천사'들의 선행에 감동하는 이유가 설명이 됩니다.

미담 기사는 몇 가지 요소가 있습니다. 먼저 형편이 넉넉지 않은 사람들이 이웃 사랑을 펼칠 때 더 큰 감동을 줍니다. 폐지 줍는 할머니가 힘들게 번 돈으로 장학금을 기부했을 때 뉴스 가치가 높습니다.

반면 기업들이 연말 불우이웃돕기 성금으로 몇십 억, 몇백 억을 낸 뉴스는 단신 기사밖에 안 됩니다. 노블레스 오블리주, 즉 사회적 지위에 어울리는 도덕적 의무로 여깁니다. 둘째, 익명의 기부자일수록 여론의 관심을 더 받습니다. 키다리 아저씨처럼 보이지 않는 도움을 오랫동안 꾸준히 실천했을 때 감동이 배가됩니다. 셋째, 선행을 한 인물의 성장 스토리가 흥미로울 때입니다. 좌절과 실패를 겪으며 이웃의 따뜻한 도움으로 자수성가한 사람이 있습니다. 그 사람은 힘들었던 시절을 잊지 않고 이웃에 선행을 베풀며 살아갑니다. 비록 신파극 같아도 이런 이야기가 있는 삶은 읽힙니다.

미담 기사는 어떤 제목이 끌릴까요? 언론이 자주 쓰는 표현들이 있습니다. '천사', '키다리 아저씨', '산타' 같은 단어입니다.

• 산타로 변신한 마린보이
• 새 삶 선물하고 떠난 천사들
• 기부천사 ○○○ 씨를 찾습니다
• 키다리 아저씨, 성금 1천만원

비슷비슷한 기사들에 제목도 엇비슷합니다. 붕어빵 같기도 합니다. 이래서는 차별화가 안 됩니다. 이런 제목은 어떻습니까?

- 10년간 10억 십시일반 장학금
- 쌀뒤주 설치 한 달, 500kg 온정 쌓였다

나눔의 행위가 구체적입니다. 어떤 제목이 정답이라고 말할 수는 없습니다. 앞쪽 제목이 끌릴 수도 있고, 뒤쪽 제목이 더 뭉클할 수도 있습니다. 어떤 제목이든 독자와 호흡할 때 생명력이 길다는 점이 중요합니다. 디지털에서 기사들이 비슷비슷할 때 다른 형태의 제목은 분명 눈길을 잡습니다. 그냥 지나치지 않고 '이건 뭐지?' 하고 머무르게 만듭니다.

한때 1억 원 이상의 고액 기부자 모임 '아너 소사이어티'가 뉴스에 심심치 않게 등장했습니다. 아너 소사이어티는 노블레스 오블리주를 실천한 사람들입니다. 쉽지 않은 기부인 만큼 존경받아야 한다고 봅니다. 2007년 이 단체가 처음 결성될 땐 용어도 생소하고, 기부자가 많지 않아 언론에서 인물 스토리로 많이 다뤘습니다. 나눔의 좋은 본보기였지요. 그런데 2016년 12월 현재 회원 수가 1,300명이 넘었습니다. 그러다 보니 이제 웬만해선 뉴스에 소개되지 않습니다. 기시감이 강하기 때문입니다. 100호 회원, 1000호 회원 등 어떤 계기성이 있을 때 빼곤 말이죠.

인물의 이야기가 흥미진진하고, 휴먼 스토리 요소를 갖

고 있어도 제목만 보면 뻔한 기사라는 인식을 심어줍니다. 이런 기사 제목일수록 이전과 달리 새롭다는 느낌을 주어야 합니다. 어떻게 하느냐고요?

아너 소사이어티처럼 기시감이 강한 단어는 메인 제목에서 빼야 합니다. 그다음엔 기부자의 스토리 중 가장 극적인 대목을 제목으로 뽑습니다. 기부를 결심하게 된 배경일 수도 있고, 눈물을 짓게 만든 사연일 수도 있겠지요. 독자들은 감동받을 준비가 되어 있습니다. 제목에서 휴먼 스토리의 일부만 살짝 보여주면 됩니다.

여기서 주의할 점이 하나 있습니다. 감동을 억지로 강제하는 표현은 삼가야 합니다. 예를 들면 '감동', '미담', '훈훈' 같은 단어입니다. 감동은 기사를 읽어본 독자들이 판단할 부분이지, 제목에서 미리 감동 있는 기사라고 알려줄 필요가 없습니다. 미담 기사라면 어떤 부분이 미담인지 내용만 잘 드러내도 충분합니다. 습관적으로 쓰는 제목은 피하는 게 좋습니다.

미담의 주체가 유명인인 경우는 인물을 제목에 드러내야 많이 봅니다. 신문과 달리 디지털에선 독자들의 시선이 한곳에 오래 머무르지 않습니다. 제목만 쓱 훑고 읽을 기사를 고릅니다. 이때 스타나 유명인의 이름이 제목에 있으면 읽고 싶다는 욕구를 강하게 불러일으킵니다. 공인이기 때문입니다. 유재석 씨의 기부는 널리 알려져 있지요. 위안부 할머니들이 머무는 나눔의 집에 기부를 해왔다는 사실이 알려지며 뉴스가 됐습니다. 유재석 씨처럼 유명인의 한마디나 행동은 대중의 관심을 끕니다. '누가' 무슨 행동을 했는지가 뉴스가 됩니다.

「님아, 그 강을 건너지 마오」는 다큐멘터리 영화로는 이례적으로 관객 450만 명을 모았습니다. 노부부의 일상을 담담하게 카메라에 담았는데 폭발적인 반응을 얻었습니다. 왜 그랬을까요, 무엇이 세대를 불문하고 눈물샘을 자극했을까요? 영화를 보는 내내 아내를 살갑게 대하는 할아버지의 순수한 마음이 전해져왔습니다. 할머니의 애틋한 남편 사랑이 묻어났습니다. 쓸쓸하게만 보이는 노년의 삶이 아름다울 수도 있구나, 마음이 푸근하고 따듯해졌습니다. 진솔한 노부부의 일상은 각박하게 사는 우리 시대에 위안을 주었습니다. 영화가 우리 마음속 공감이라는 우물에 파동을 일으킨 것입니다.

공감은 남 일을 내 일처럼 여기는 마음입니다. 가슴 찡한 사연에 함께 눈물 흘리고 슬퍼하는 마음입니다. 즐거울 때 함께 웃는 마음입니다. 일상을 돌아보면 웃을 일보다 인상 찌푸릴 때가 더 많습니다.

삶이 여유롭지 않다 보니 요즘은 혼술, 혼밥, 혼행이 유

행합니다. 혼자서 술 마시고, 밥 먹고, 여행합니다. 옆자리
는 스마트폰이 채웁니다. 깨어나서 잠자리에 들 때까지 늘
곁에 둡니다. 요즘 시대에 스마트 기기는 공감 도구입니다.
오늘은 세상에 어떤 일이 벌어졌나, 오늘 저녁은 뭘 해 먹
을까, 주말에는 무슨 영화를 볼까, 스마트폰을 켜고 서핑을
합니다. 그렇게 세상 속으로 들어갑니다.

　뉴스는 나와 세상을 잇는 끈입니다. 미담 기사는 인간
의 본성을 자극하는 끈입니다. 끌릴 수밖에 없는 심리가
바탕에 있습니다. 뉴스를 보는 매체가 달라졌을 뿐, 뉴스
는 과거보다 훨씬 더 많이 접합니다. 감각 있는 제목이라야
URL(기사 개별 주소)을 링크해 공유합니다. 독자와 호흡하
지 못하는 기사는 낄 틈이 없습니다. 공감하지 못하는 제목
은 설 자리가 없습니다.

연습문제 : 기사의 제목을 달아보세요

"소방대원님, 늘 감사합니다. 감기 조심하세요."

노점상을 하며 한 푼 두 푼 모은 돈으로 4년째 소방관들을 위해 기부하는 '풀빵 천사'가 있다.

지난 27일 오후 강원 원주소방서 뒤 현관에서 종이상자 하나가 발견됐다. 상자 겉면에는 '소방대원님 늘 건강하세요', '항상 힘내세요. 화이팅이요' 등 소방관을 응원하는 손글씨가 빼곡히 적혀 있었다.

원주소방서 직원들이 조심스럽게 상자를 풀자 그 안에는 꼬깃꼬깃한 1000원권, 5000원권, 1만원권 등 지폐가 가득했다. 정성스럽게 모은 돈은 모두 459만원에 이르렀다.

원주소방서에 돈 상자가 배달된 것은 이번이 처음이 아니다. 2015년 따뜻한 풀빵 한 봉지와 함께 259만원이 처음 배달됐다. 이후 이 익명의 기부자는 '풀빵 천사'로 불렸다. 2015년에 이어 2016년 420만원, 2017년 340만원 등 4년째 돈 상자가 배달되고 있다. 〈한겨레, 2018.3.29〉

은유보다 직설

세월호 참사 4년만에 국가배상책임 판결

새 자동차 번호판, 2019년 9월부터 세 자리로 바뀐다

서울 용산 4층 건물 순식간에 붕괴

오스트리아 빈, 세계서 가장 살기 좋은 도시 1위

"주유소 가기 두렵다"…휘발유값 올들어 최고치

카드 하루 평균 2.3조 긁었다

"아차 잘못 보냈네" 카톡 메시지 전송 취소 기능 생긴다

군사안보지원사령부 닻 올렸다…기무사 시대 마감

일본 태풍 '제비' 피해 속출…6명 사망·간사이공항 폐쇄

병사들 내년부터 잡초뽑기·제설작업 안한다

이탈리아 다리 붕괴, 비상사태 선포

인도네시아 발리 근처 휴양지 롬복서 7.0 강진

국어사전은 '은유'를 '사물의 상태나 움직임을 암시적으로 나타내는 수사법'이라고 정의합니다. '내 마음은 호수요'가 가장 익숙한 예시입니다. '직설'은 '바른대로 또는 있는 그대로 말을 함 또는 그 말'이라고 정의하고 있습니다. 숨기거나 꾸미지 않고 사실 그대로 말한다는 뜻입니다.

언론에서 스트레이트 기사(발생 기사) 제목은 직설로 씁니다. 팩트 전달이 가장 중요하기 때문입니다. 사건 사고 기사가 대표적입니다. 독자나 시청자가 제목만 봐도 무슨 일이 있어났는지 알 수 있습니다. 반면 문화면 기사 제목은 직설보다 은유를 많이 씁니다. 음악이나 미술, 연극, 영화 등 아무래도 감성에 호소하는 장르를 다루는 특성과 관련이 깊습니다. 물론 문화 기사가 이성적이지 않다는 말은 아닙니다. 은유적인 제목을 뽑았을 때 '어, 뭐지?' 하고 돌아보게 만드는 힘이 더 강한 장르라는 겁니다. 직설이건 은유건, 기사 성격에 따라 맛깔스럽게 제목을 뽑아야 기사를 더 읽게 하는 효과가 큽니다.

인터넷뉴스 제목은 은유와 직설 중 어느 쪽일까요? 직설에 가깝습니다. 한눈에 쉽게 들어오기 때문입니다. 뉴스의 핵심을 정확하게 짚어 의미 전달이 명확합니다. 은유형 제목도 직관적으로 끌리지 않으면 그냥 건너뜁니다.

다음은 한국편집상을 수상한 제목들입니다.

- 방사능의 눈물
- 혹시, 옥시… 맞습니다
- 은마 웃던 날 백마는 울었다

어떻습니까. 신문 지면 제목만 뚝 떼놓고 보면 선뜻 이해되지 않습니다. 무슨 말을 하려는지 직관적으로 다가오지 않습니다. 지면으로 보면 눈길을 확 끌어당기는 제목인데도 말이죠. 왜 그럴까요? 위의 제목들은 지면을 구성하는 다양한 요소들, 즉 사진이나 그래픽, 디자인 요소와 결합해서 시너지 효과가 극대화된 것입니다.

디지털 제목은 신문 제목을 'Ctrl+C', 'Ctrl+V' 해서는 무슨 말인지 모르는 경우가 많습니다. 디지털만의 제목 문법이 있습니다. 하지만 좋은 신문 제목은 디지털에서도 통합니다. 단지 필요충분조건이 아닐 뿐입니다.

답답하지요? 그때그때 다르면 뭘 어떻게 하라는 말이냐고요. 정답이 있으면 저도 좋겠습니다. 같은 기사를 주고 제목을 뽑으라고 하면 백이면 백 모두 다릅니다. 편집에 정답은 없습니다. 어떤 사람이 보기에 좋은 제목도 다른 사람이 보면 별로인 경우가 있습니다. 점수로 계량화하기가 무척 어렵습니다. 모두를 만족시키는 제목은 없다고 봐야 합니다. 제목 뽑기가 그만큼 어렵습니다. 최악을 피하면 그나마 낙제는 면합니다. 마감 시간이면 머리를 쥐어짜는 편집자가 많습니다. 촌각을 다투며 씨름하지만 막상 제목을 내놓고 보면 만족스럽지 않은 때가 있습니다. 자기 제목은 다 사라지고 데스크 제목만 남는 경우도 있습니다. 이러려고 편집 일을 했나 하는 자괴감이 듭니다. 다음 날 다른 신문 제목과 비교할 때면 쥐구멍에 숨고 싶을 때도 있지요. 늘 아쉬움이 남습니다.

한국편집상 수상작들 중에는 제목만 떼놓고 보면 평범한 제목도 있습니다. 디지털에서 팔리지 않을 제목도 보입니다. 특히 은유형 제목이 그렇습니다. 차 떼고 포 떼고 보면 그럭저럭한 제목일 뿐입니다.

디지털 제목은 직설로 승부했을 때 승률이 높습니다. 예를 들어 방사능 기사라면 '원전서 방사능 누출, ○○명 사망'이 훨씬 파급력이 큽니다. 가습기 살균제 기사라면 '○○ 업체, 가습기 살균제 독성 알고도 숨겼다' 같은 제목이 더 파장을 일으킵니다. 투수의 구종에 빗대면 패스트볼이 체인지업보다 삼진을 잡을 확률이 높습니다. 문제는 구속이 겠지요. 패스트볼로 승부하는 투수는 강속구가 있어야 합니다. 구속이 140킬로미터인데 승부구로 패스트볼을 던졌다가는 홈런을 얻어맞을 수 있습니다. 위험합니다. 구속이 150킬로미터는 돼야 합니다.

디지털 제목도 비슷합니다. 강속구에 견줄 무기가 있어야 합니다. 가장 강한 무기는 신속성입니다. 직설이 통하려면 일단 빨라야 합니다. 다른 언론이 속보로 쓰기 전에 써야 합니다. 대통령 담화가 있는 날입니다. 다 듣고 쓰면 늦습니다. 순간순간 중요한 팩트를 전달해야 합니다. 여기에 스트레이트형 제목을 재빠르게 뽑아주어야 합니다. 지금처럼 연합뉴스가 네이버에 실시간 뉴스를 공급하고 있는 상황에서는 속보 경쟁도 쉽지 않습니다. 그렇다고 손 놓고 속보를 챙기지 않을 수도 없으니 이중고입니다.

신속 배달만으로 모든 게 해소되는 것도 아닙니다. 자장면을 시켰는데 볶음밥을 배달하면 돈을 못 받습니다. 신속하면서 정확해야 합니다. 빨리만 썼지 정확도가 떨어지면 잘못된 정보를 전달하는 꼴입니다. 보통 팩트 확인이 덜 돼도 일단 디지털에 쓰고 보자는 경향이 있는데, 위험한 일입니다. 물론 현실적 어려움이 있습니다. 다 확인해서 쓰면 디지털에서 경쟁할 수 있느냐는 현실론이 고개를 듭니다. 그래도 팩트 취재를 소홀히 해선 안 됩니다. 실시간 검색어에 떴다고, 팩트 확인도 없이 다른 언론사 기사를 약간 손질해서 썼다가는 대형 오보를 내기 쉽습니다. 2015년에 연합뉴스가 강원도 횡성에서 진도 6.5 지진이 났다는 기사를 내보냈는데, 알고 보니 기상청이 재난 대피

훈련을 한 것이었습니다. 밤 상황이라 많은 언론사가 연합뉴스 기사를 그대로 보도했습니다. 기상청에 확인만 했어도 피할 수 있는 오보였습니다. 속보만 중요시했지 팩트 확인을 소홀히 한 결과였습니다. 제목 오보도 물론 피할 수 없었습니다.

직설적 제목은 스트레이트에 강하지만 이처럼 위험성도 동시에 안고 있습니다. 디지털 제목이라고 일단 뽑고 나중에 고치겠다고 생각해선 안 됩니다. 언론은 신뢰를 먹고 삽니다. 불신이 쌓이면 나중에 그 언론사 홈페이지에 들어가지 않습니다. 직설적 제목을 뽑을 때도 신속하되 신중해야 합니다. 가장 중요한 팩트가 아닌 곁가지 팩트를 남발하는 경우에도 독자들이 못 미더워합니다. 기사에서 가장 핵심적인 대목을 잡아 제목으로 올려야 합니다. 엿가락마냥 늘어져도 곤란합니다. 간명할수록 의미 전달이 쉽습니다. 20자 안팎으로 압축해서 고갱이만 집어넣어야 합니다.

* * *

스트레이트 기사에서 핵심은 리드에 있습니다. 기자들이 수습 때부터 혼나면서 배우는 게 바로 기사 리드입니다. 원고지 일곱 장으로 압축해서 사건의 맥락을 전달하기 위해 첫 문장부터 긴장감을 줍니다. 독자들이 첫 문장을 읽고 '어, 이 기사 읽어봐야겠는데' 하는 마음이 들도록 해야 합니다. 첫 문장, 리드에 따라 기사를 읽을지 말지 결정됩니다. 그래서 스트레이트 기사의 가장 중요한 부분은 대부분 리드에 들어 있습니다.

그럼, 제목은? 첫 문장을 어떻게 요리하느냐에 따라 맛이 결정됩니다. 재료는 좋은데 요리사가 형편없을 수도 있고, 재료는 시원찮은데 요리사가 기막힌 요리를 내놓을 수도 있습니다. 요리 프로그램을 보면, 냉장고 재료로 음식을 만들었는데 주인도 깜짝 놀라는 음식이 나옵니다. 비법은 요리사의 손에 있습니다. 오랜 경험에서 우러나오는 진한 육수 같은 노하우가 그 비법입니다. 제목도 하늘에서 뚝 떨어지는 것이 아닌 이상 재료인 기사에서 승부를 겨뤄야 합니다. 첫 문장에서.

그런데 어려움은 모든 기사가 리드에 핵심을 담고 있지 않다는 데 있습니다. 어떤 기사는 첫 문장만 읽어서는 말하고자 하는 의도를 정확히 모를 때가 있습니다. 절반 정도까지 읽고 나서야 맥락을 알 수 있는 기사도 있습니다. 이럴 땐 리드만 읽고 제목을 뽑아서는 설명이 안 됩니다. 맥락을 알 수 있게 살을 붙여줘야 합니다. 팩트에 살짝 양념을 치는 정도랄까요. 너무 과도하게 조미료를 치면 음식의 고유한 맛을 잃습니다. 싱싱한 재료일수록 본연의 맛을 느끼게 가공하지 않는 편이 낫습니다. 직설은 싱싱한 기사를 날것 그대로의 맛을 살려서 독자에게 내놓는 일입니다.

속보 유효 시간은 짧다

국세청 360명 부동산 탈세 혐의자 세무 조사 (속보)
→ 아빠 돈 32억으로 집 산 백수, 증여세는 '0' (후속)

트럼프 "폼페이오 방북 취소…가까운 장래에 갈 것" (속보)
→ 폼페이오 방북 취소…남북정상회담 시간표 영향 미치나 (후속)

경북 봉화 면사무소 총기사건 부상 공무원 2명 사망 (속보)
→ 문 열자마자 '손들어' 소리친 뒤 엽총 쏴…현장에는 임산부도 (후속)

BMW 또 화재 (속보)
→ 왜 BMW만 비난하냐고? 화재발생률 따져보니 1위 (후속)

해병대 '마린온' 추락…20세 상병 포함 5명 사망 (속보)
→ '마린온' 헬기 이륙 4초 만에 날개 통째로 날아가 (후속)

인천 남동공단 화재로 9명 사망·4명 부상 (속보)
→ 인천 남동공단 화재…"스프링클러 불난 지 50분 만에 작동" (후속)

속보 유효 시간을 공식으로 만들어보면 '방문자 수×공유 횟수×댓글 수÷관련 기사 수' 이렇지 않을까요? 특종이 아닌 대부분의 속보는 유효 시간이 그리 길지 않습니다. 모든 언론사가 기사를 쓰기 때문입니다. 물론 선수의 기량에 따라 기록이 다르듯 기사마다 차이는 있지만, 한 시간을 넘지 않습니다. 연기처럼 금세 사라지는 속보도 있고, 눈 녹듯 천천히 없어지는 속보도 있습니다. 유효 시간의 차이는 사람들의 관심도와 비례합니다. 냄비 물 끓듯 확 달아올랐다가 금방 식는 뉴스는 별로 궁금하지 않은 기사입니다. 반면 가마솥 물처럼 오랫동안 뜨거운 뉴스는 몇 번씩 들여다보게 만드는 기사입니다. 후속 기사가 궁금해지는 뉴스입니다. 디지털 시대는 과거보다 뉴스 유통 속도가 빠릅니다. 그만큼 빠르게 소비됩니다. 사람들의 관심이 큰 뉴스는 광속으로 퍼집니다. 관건은 속보가 휘발된 뒤 뉴스 체류 시간을 늘리는 데 있습니다. 속보 이후 뉴스가 필요한 이유입니다.

인터넷뉴스를 잘 운용하는 언론사를 보면 이런 생리를 잘 압니다. 속보를 쓴 한두 시간 뒤 바로 해설 기사를 내보냅니다. 기자 입장에선 정신이 하나도 없습니다. 속보 쓰랴, 후속 기사 쓰랴. 물 들어올 때 노를 저어야 배가 멀리 가듯, 독자들의 관심이 식기 전에 뉴스를 바로 공급해야 잘 팔립니다. 뉴스 소비 트렌드를 보면, 속보 유효 시간이 끝나면 독자들은 '그래서? 그다음은?' 하고 궁금해합니다. 갈증을 해갈할 기사가 어디 없나 검색하기 시작합니다. 후속 기사가 잘 팔리는 이유입니다.

하지만 현실은 녹록지 않습니다. 디지털 기사만 쓰기도 벅찬데, 지면 기사를 함께 써야 하니 어려움이 많습니다. 〈뉴욕 타임스〉 서울 특파원을 만난 적이 있는데, 고민이 별반 다르지 않았습니다. 〈뉴욕 타임스〉도 디지털 강화 전략을 세우고, 기자들에게 지면 기사만 쓰지 말고 속보를 적극적으로 발제하라는 요구가 많아졌다는 겁니다. 그 기자는 "지면에만 출고할 때는 충분히 취재하고 기사를 씁니다. 고민도 많이 하고요. 그런데 디지털 속보를 적극 쓰라고 하니 아무래도 취재 시간이 줄어들어요. 예전에는 취재원 세 명한테 연락해 코멘트를 받았는데 이게 한두 번으로 줄어요" 하고 고충을 토로했습니다. 우리 기자들도 비슷한 고민을 합니다. 디지털 기사 쓰랴, 지면 기사 쓰랴, 몸이 두 개였으면 좋겠다고 말합니다. 신문과 디지털이 공존하는 시대에 기자의 숙명인 셈입니다. 지금의 상황을 하루빨리 개선하는 것을 전제로, 어쨌거나 양쪽 특성에 걸맞은 기사를 써내는 게 기자에게 부여된 과제입니다.

후속 기사가 출고되면 당연히 제목도 새로 업데이트합니다. 이때 제목에 꼭 들어가야 하는 요소가 있습니다. 바로 속보에 뒤이은 후속 기사라는 느낌을 주기 위해 속보 기사의 키워드를 반영해야 합니다. 개헌 이슈라면 개헌 키워드를 써야 하고, 트럼프 이슈라면 트럼프 키워드를 써야 합니다. 공방 기사라면 속보가 공격하는 쪽의 주장을, 2보는 공세를 받은 쪽의 반박을 제목으로 씁니다.

후속 기사에서 가장 염두에 둬야 할 점은 낯설게 보이면서도 낯설지 않게 하기입니다. 뉴스이면서 '뉴스 후'의 느낌을 동시에 줘야 한다는 말입니다. 예를 하나 들어볼까요. '박 대통령, 최순실과 경제공동체 어거지로 엮은 것이라며 여론전'이 속보입니다. 이에 대해 특검의 반응을 담은 '박 대통령 여론전에 할 말 없다…대면조사 준비 착수'라는 보도가 뒤따라 나옵니다. 키워드는 '여론전'입니다. 속보에서 여론전이라고 쓴 것을 후속 보도에서 여론전에 대한 반응을 담는 식입니다. 기사가 계속 이어지고 있다는 신호인 셈입니다. 독자들은 키워드를 통해 사건의 연장선상에 있는(낯익은) 새로운(낯선) 뉴스라는 걸 동시에 확인하게 됩니다.

디지털 제목을 잘 뽑기 위해서는 뉴스의 흐름을 꿰고 있어야 합니다. 기사가 출고되는 시점에 뉴스가 어디까지 소비됐는지 알아야 새로운 제목을 뽑을 수 있습니다. 취재기자도 노동 강도가 세졌지만 편집기자도 만만치 않습니다. 지면뿐 아니라 인터넷뉴스가 어디까지 나왔는지 꿰고 있으려면 눈코 뜰 새 없습니다. 인터넷뉴스 팀은 그야말로 불철주야입니다. 아침부터 밤까지 뉴스와 씨름합니다. 다른 언론에서 다 다룬 뉴스를 놓쳤다가는 마음이 편하지 않습니다. 그런데 근무 여건은 녹록지 않습니다. 인원이 많지도 않고, 대우가 좋은 편도 아닙니다. 마치 망망대해에 외떨어진 섬처럼 느낄 때가 있습니다. 신문의 하청기지처럼 여겨지는 풍토도 있습니다. 갈길이 참 멉니다. 온·오프 통합 논의가 시작된 지 10년이 넘었지만 걸음마 수준입니다.

* * *

디지털 제목과 신문 제목을 비교해보면, 디지털 제목이 발생 뉴스 내용에 무게를 두고 신문 제목은 해설로 가는 경향성이 있습니다. 디지털에서 오전부터 쓴 제목을 다음 날 신문에 그대로 내놓기가 어렵습니다. 당연히 '뉴스를 넘어선' 뉴스 제목을 뽑아야 한다는 강박증이 신문 편집자에게 있습니다. 분석이나 해설 제목이 신문 지면에 많이 등장하는 까닭입니다. 이런 경우 신문'만' 보는 독자 입장에서는 발생 사실도 모르는데, 한 단계 건너뛴 제목에 당황할 때가 있습니다. 친절하게 설명하는 것 말고 달리 방법이 없습니다.

보통 인터넷뉴스 편집은 신문이 나오기 전과 후로 구분됩니다. 신문이 나오기 전인 낮 시간에는 연합뉴스나 디지털 출고 기사를 처리합니다. 스트레이트형 제목을 주로 뽑습니다. 신문 편집이 일단 완성되면 디지털이 신문 기사를 받아 웹사이트에 올립니다. 뉴스도 있고, 해설도 있고, 메뉴가 다양하죠. 좀 노련한 디지털 편집자는 신문 제목을 받아보고 한 번 더 고민합니다. '어떻게 하면 디지털에서 더 많이 읽게 할까?' 하고요. 신문 제목을 디지털에 그대로 옮기면 무슨 말인지 모를 때가 있어서죠. 제목으로 부가가치를 높이려는 노력이 필요합니다. 신문 제목이 신문만의 문법이 있듯 디지털 제목은 디지털만의 문법이 존재합니다. 물론 좋은 신문 제목은 디지털에서도 잘 통합니다. 인터넷뉴스 제목은 기본기가 잘 다져진 선수가 창조적 플레이를 하는 것과 같습니다.

속보나 후속 기사를 다룰 때 신속성만큼 가독성도 중요합니다. 빨라야 하는 것은 두말할 필요가 없고, 읽히는 뉴스를 만들어 전달해야 합니다. 제목도 마찬가지로 가독성이 생명입니다. 가독성이 좋은 제목은 어떤 제목일까요? 핵심을 정확히 간파한 제목입니다. 핵심을 못 보고 곁가지만 보는 제목으로는 독자들을 유혹하기 어렵습니다. 제목의 논리도 중요합니다. 논리의 비약이나 인과관계에 대한 설명이 부족한 제목은 눈길이 가지 않습니다. 핵심을 짚은 제목은 독자들이 가장 궁금해하는 대목을 직관적으로 보여주는 제목입니다. 가려운 곳을 정확히 긁어주는 제목입니다. 목이 마를 때 시원한 냉수가 갈증을 풀어주듯.

연합뉴스가 포털에 실시간으로 뉴스를 공급하는 현실에서 개별 언론사가 뉴스 시장을 파고들기가 만만치 않습니다. 속보 공급에 시스템이 맞춰진 연합뉴스는 거대한 장벽입니다. 속보 이후 뉴스 생산을 고민해야 하는 이유이기도 합니다. 1보는 연합뉴스에 뒤지더라도 2보는 뒤지지 않겠다는 태도가 중요합니다. 후속 기사에서 내가 뽑은 제목을 다른 언론이 받아쓰도록 하겠다는 정신이 필요합니다. 대충대충 고민 없이 뽑은 제목을 언론이 받아쓰는 경우는 없습니다. 임팩트가 있고, 핵심을 정확히 포착했을 때 제목의 파급력도 커집니다.

고집이 있는 편집자가 좋은 제목을 만듭니다. 열정이 훌륭한 제목을 만듭니다. 고집과 열정이 창조의 원동력입니다. 일하다 보면 의욕을 꺾는 분위기가 많습니다. 외풍에 흔들려서는 지칩니다. 땅에 뿌리를 튼튼히 내려야 흔들리지 않습니다. 그 뿌리는 장인정신입니다. 프로정 신입니다.

그 뉴스, 그 후

2016년 5월 강남역 살인 사건을 기억하시나요? 노래방 화장실에서 20대 여성이 무참히 살해된 사건입니다. 사건이 발생한 강남역에는 피해 여성을 추모하는 포스트잇이 물결을 이뤘습니다. 여성 혐오를 지적하는 쪽지가 넘쳐났습니다. 사건 초기 '묻지마 범죄'로 불리다 나중에 '여성 혐오 범죄'로 불렸습니다. 왜 언론은 처음에 '묻지마 범죄'라고 봤을까요? 둘 사이에 개인적 원한이 없는 가해자의 특성 때문이었습니다. 편집자 입장에서 보면 관성적인 제목 달기가 아니었나 생각합니다. 사건 초기여서 범죄의 이유를 모를 뿐 모든 범죄엔 이유가 있기 때문입니다. 불특정 다수를 대상으로 한 범죄여도 그 행동엔 이유가 있습니다. 단순한 개인적 일탈이 아닌 사회학적 맥락에서 읽어야 합니다.

2017년 10월 2일 미국 콘서트장에서 총기 난사 사건이 벌어졌습니다. 첫 보도는 누가 쐈는지, 몇 명이 숨졌는지에 집중됐습니다.

다음 날은 범인의 자세한 프로필을 보도하고, 범행 동기가 될 만한 소재를 찾아 기사를 내보냅니다. 대형 이슈일수록 뉴스는 꼬리에 꼬리를 물고 이어집니다.

사람들은 어떤 일이 벌어졌을 때, 특히 사회적 이슈가 된 사건은 배경을 알고 싶어 합니다. 왜 사건이 일어났는지 호기심이 강하게 일어납니다. 단발성 스팟 뉴스로는 해소가 되지 않습니다. 속보가 한바탕 휩쓸고 지나간 뒤 분석 기사가 읽히는 이유입니다. 기자는 현장을 둘러보고, 주변을 탐문하고, SNS를 훑어보며 기사가 될 단서를 찾아 전문가의 의견을 듣습니다. '왜'라는 의문점을 해소하기 위해 입체적인 취재를 합니다. 독자들은 오래 공들인 분석 기사에 박수를 보냅니다.

뉴스의 이면을 보여주는 기사는 제목에 '왜', '~한 이유', '~에 궁금한 몇 가지' 형태를 많이 씁니다. 예를 들면 이렇습니다.

- 살인사건 해결, 왜 16년 걸렸나
- AI 피해 왜 컸나
- 러시아 노인 2명, 국내 병원 찾은 이유는?
- 공무원이라서 미안하다

호기심을 자극하는 방법입니다. 안 보고는 못 배길 걸, 하며 궁금하게 만듭니다. 디지털에선 이런 유형의 제목이 소구력이 있습니다. 내가 모르는 새로운 사실이 들어있을 것 같아 지나치기가 쉽지 않습니다.

스테디셀러인 'WHY 시리즈'도 비슷합니다. 제목이

책의 취지를 함축하고 있습니다. 그 책만 읽으면 모든 의문이 풀릴 것 같습니다. 알고 보면 지식욕은 의문에서 출발합니다. 뉴스도 불교의 화두처럼 '이뭣고'를 붙잡고 싸우는 일입니다.

인터넷뉴스에 '왜'라는 제목을 종종 쓰는데, 디지털 제목만의 특징이 있냐고요? 조금 있습니다. 디지털 제목에선 '왜'라는 의문에 정답을 떡하니 내놓으면 반응이 별로일 때가 있습니다. 모든 경우에 해당하는 것은 아니지만 경향성이 분명 있습니다.

왜 그럴까요? 인터넷뉴스 소비와 관련이 있어 보입니다. 뉴스 소비가 워낙 빨리 이뤄지다 보니 시간이 조금만 지나도 구문이 됩니다. 구문이 된 제목은 내용을 짐작하고 있는 경우가 많습니다. 이때 '왜'라는 제목 형태는 뭔가 또 다른 내용이 있을 것 같은 암시를 줍니다.

신문이 훈계형인 반면 디지털이 공유형인 특징과도 관련이 있습니다. 신문은 어떤 뉴스가 발생했을 때, 모든 내용을 일목요연하게 정리하려는 습성이 있습니다. '잘 모르면 이것만 챙겨 봐. 다 담겨 있어' 하고 족집게 강의하듯 말이죠. 반면 디지털에선 훈계형 제목에 거부감이 강합니다. '잘난 체 그만해, 꼰대처럼!'. 대신 독자들이 판단하도록 제목에서 숨통을 터줄 때 더 기사를 읽습니다.

신문 편집자가 디지털 편집을 처음 할 때 혼란스러운 대목이기도 합니다. 신문에서 문패(집주인을 알려주는 문패처럼 기사의 성격을 알려주는 것)로 쓴 제목을 디지털 제목으로 뽑았을 때 더 잘 팔리는 경험을 자주 합니다. 정작 공들인 제목은 디지털에서 성적이 좋지 않을 때가 있습니다. 신문을 보면 주제목, 부제목, 문패, 머리띠, 사진 등이 한눈에 보이지만 디지털은 한 줄로 다 설명해야 합니다. 단번에 직관적으로 어필해야 하는 디지털 특성상 신문 제목을 그대로 차용할 수 없는 이유이기도 합니다.

의문형 제목이 효과가 좋다고 해서 남발하면 뒤탈이 생깁니다. 여기저기에 '왜'라는 제목을 붙였지만 정작 내용은 새로운 게 전혀 없다면 어떻게 될까요? 제목만 그럴듯하게 포장한 기사를 읽는 독자는 심한 배신감을 느낍니다. 낚였다는 생각을 합니다. 한두 번은 웃으며 넘길 수 있어도 반복되면 어느 언론인지 살피고, 다음부터는 그 언론사 뉴스를 경계합니다. 의문형 제목은 적재적소에, 감칠맛 나게 써야 합니다.

스테디셀러인 '죽기 전에 꼭 가봐야 할 여행지 시리즈'가 있습니다. 저자와 함께 여행 취재를 할 기회가 있어 물어봤습니다. "정말로 죽기 전에 꼭 가봐야 할 곳입니까?" 저자는 웃으며 이 책이야말로 제목 덕을 톡톡히 본 경우라고 하더군요.

'죽기 전에 꼭 가봐야~'라는 책 제목이 독자들을 끌어 당기는 힘이 상상을 초월했다고요. 버킷리스트처럼 뭔가 꼭 해보고 싶고, 해야 할 것 같은 충동을 느끼게 한다는 겁니다. 인지상정인가 봅니다. 여행지 소개 책뿐 아니라 음식, 영화 책에서도 비슷한 제목을 심심찮게 접합니다. '꼭 맛봐야 할 음식 33가지', '죽기 전에 꼭 봐야 할 영화 100선' 같은 제목이 낯설지 않습니다. 작위적이지만 입에 착 감기는 맛을 부정할 수 없습니다.

뉴스의 이면을 다루는 기사는 대체로 무겁습니다.

사건 사고 기사의 경우는 더합니다. 이럴 때 가볍게 제목을 끌고 가는 방법으로 '왜', '~이유' 형태가 유용할 때가 많습니다. 무겁되 너무 무겁지 않게 전달하는 것도 제목의 기능입니다. 독자들이 꼭 봐야 할 기사라면 잔뜩 힘을 주고 제목을 다는데, 힘을 좀 빼면서 전달하는 편이 효과적일 때가 있습니다.

제목이 길라잡이 역할을 하고 나머지는 읽는 독자들의 판단에 맡기는 것이죠. 아무리 맛있는 음식도 사 먹느냐 안 사 먹느냐는 손님의 몫입니다. 제목을 뽑을 때도 싱싱한 재료에 맛깔난 제목을 달면 그뿐, 읽느냐 안 읽느냐는 독자의 몫입니다.

최선을 다하면 됩니다. 페이지 뷰가 나오지 않는다고 안달할 필요가 없습니다. 아무리 좋은 기사, 좋은 제목이어도 독자가 외면하는 경우가 있습니다. 스트레스 너무 받지 않아야 합니다. 때론 마음을 비우고 낚싯대를 드리우는 여유를 가져야 합니다.

뉴스의 배경을 다룬 기사 제목은 사람들이 가장 궁금해하는 부분을 짚어주는 게 중요합니다. 육하원칙에서 어떤 부분을 드러낼지 판단해야 합니다. 사건의 범인이 중요하면 '누가'를 드러내야 합니다. 이유가 궁금하면 '왜'를 드러내야 합니다. 장소가 궁금하면 '어디서'가 잘 드러나게 제목을 구성하면 됩니다.

프로야구팀 감독이 어느 날 갑자기 사임했습니다. 프로야구 팬들은 무엇이 가장 궁금할까요? '어떻게', '왜' 같은 물음일 겁니다. 제목은 독자들이 목말라하는 지점에 물을 뿌려주면 됩니다.

연습문제 : 기사의 제목을 달아보세요

생활고에 시달리던 일가족이 스스로 목숨을 끊은 이른바 '송파 세모녀 사건' 이후, 정부가 복지 사각지대에 있는 빈곤계층 21만 명을 발굴해놓고도 정작 지원은 2만7000명(13%) 수준에 그친 것으로 나타났다.

29일 국회 보건복지위원회 소속 김상희 의원(더불어민주당)이 한국사회보장정보원으로부터 받은 '복지 사각지대 발굴대상자 지원 현황' 자료를 보면, 지난해 12월부터 올해 7월까지 3차례에 걸쳐 발굴한 복지 사각지대 대상자는 모두 20만9007명에 이르는 것으로 집계됐다. 지난해 12월 11만4609명에 이어 올해 4월 4만 8708명, 7월에 4만5790명이 발굴됐다. 이는 2014년 송파 세모녀 사건 이후, '사회보장급여의 이용 제공 및 수급권자 발굴에 관한 법률'이 제정되는 등 제도개선이 이루어진 데 따른 것이다. 대상 자가 신청해서 심사를 거쳐 제공되는 방식에서 사각지대에 있는 빈곤계층을 직접 발굴해서 찾아가는 복지로 바꿔야 한다는 것이 취지였다.

하지만 이 가운데 실제 복지서비스가 지원된 경우는 2만7631명에 그쳤다. 기초생활보장제도 수급 대상자로 2611명이 선정됐고, 차상위계층(중위소득 50% 미만이면서 기초수급자가 아닌 경우)으로 2532명이 혜택을 받았다. 또 833명은 갑자기 생계를 꾸리기 어려워진 이들을 돕는 긴급복지지원 제도를 통해 구제받았다. 나머지 2만1655명은 민간 복지서비스 지원을 받은 것으로 집계 돼, 공적 제도를 통해 지원을 받은 이들은 21.6%에 머물렀다.

〈한겨레, 2016.9.30〉

셀럽은 흥행 보증

공지영 "내가 오해했다면 주진우가 나서서 말해라"

홍준표 "비양심적 의원 청산 못 해 후회…마지막 막말하겠다"

김어준 "이재명·김부선 의혹, 적절한 시기에 밝히겠다"

유시민 '썰전' 하차 "글쓰기 집중할 것"

트럼프 또 막말 "EU 위원장은 잔인한 킬러"

손석희, 이왕표 애도…"그때 그냥 헤드록 해달라 할 걸"

노회찬 촌철살인 "50년동안 한 판서 삼겹살…판 갈아야"

강호동·유재석·신동엽…'판'을 바꾸다

손흥민이 직접 말하는 아시안게임 뒷이야기

김정은 "멀다고 말하면 안 되갔구나"

방탄소년단 신곡, 빌보드 '핫 100' 11위

마동석 "웃긴 영화 기대하세요"

예수나 부처는 요즘으로 치면 명강사입니다. 사람들이 듣고 싶어 하는 말을 귀에 쏙 들어오게 말하는 귀재입니다. 가려운 곳을 긁어주는 달인들입니다. 삶의 지혜를 가장 쉬운 말로 풀어내는 전달자들입니다. 예수와 부처 주위엔 신봉자가 넘쳐났지만 배신하고 질투하는 제자들도 있었습니다. 갈등 유발자들입니다.

조용한 연못에 돌을 던지는 사람들은 시대를 막론하고 어디에나 있습니다. 디지털에선 이 갈등 유발자들이 뉴스의 주인공입니다. 존재감 없는 사람은 대접받지 못합니다. 긍정적이든 부정적이든 뉴스를 만들어내는 사람이 대접(?) 받습니다.

손님이 뜸해 트래픽이 시원찮을 때 '오늘은 누가 불 좀 지르지 않나?' 은근히 기다립니다. 막말을 쏟아낸 정치인이 등장하면 디지털은 부글부글 끓습니다. 잘 팔리는 '핫아이템'이 입고된 것입니다. 막말 공방은 1회전으로 끝나지 않습니다. 12회전까지 가는 뜨거운 이슈도 있습니다. 가장 재밌는 구경이 싸움 구경이라는 옛말이 최소한 디지털에선 들어맞습니다. 막말이 이슈가 되면 그 사람이 누구인지부터 과거 발언은 어땠는지까지 뉴스들이 이어집니다. 기자도 기자지만 누리꾼 수사대가 맹활약합니다. 어디서 찾았는지 입이 쩍 벌어질 정도의 정보들을 찾아냅니다. 디지털 부서에 누리꾼 수사대는 보물 같은 존재입니다.

디지털 부서가 언론사에 생기던 초창기에는 인터넷뉴스가 너무 자극적이라고 곱지 않은 시선을 받았습니다. 막말을 여과 없이 대문짝만하게 제목에 걸고 장사를 했기 때문입니다. 요즘은 많이 자정되었지만, 정도의 차이가 있을 뿐 본질은 바뀌지 않았습니다. 독자들의 반응에 민감하다 보니 그렇게 할 수밖에 없는 측면이 있습니다. 점잖게 홈페이지를 운영했다가는 악플보다 무플이 무섭다는 현실을 체감합니다. 억울한 측면도 있습니다. 좋은 기사를 쓰는데도 주목받지 못하다 보면 어느새 자극적인 제목을 달고 있는 자신을 발견하게 됩니다. 인터넷뉴스의 굴절된 현실입니다.

어쨌든 디지털 부서는 생존을 위해 매일 전투를 치릅니다. 먹이를 찾는 사냥꾼의 심정으로 냄새를 쫓습니다. 친구 맺은 사람들의 SNS를 쭉 훑습니다. 유명인을 중심으로 이야기가 될 만한 소재를 찾습니다. SNS에서 셀럽의 위력은 막강합니다.

한 사람이 1,000명의 팔로어를 가지고 있다고 하면 뉴스 유통이 순식간에 1,000이 됩니다. 또 1,000명의 팔로어가 각자 관계하고 있는 팔로어에게 뉴스가 전달될 확률도 매우 높습니다. 팔로어가 많을수록 영향력은 기하급수적입니다.

SNS를 잘 활용하는 대표적 정치인은 트럼프 미국 대통령입니다. 무슨 일만 있다 하면 백악관 대변인보다 먼저 개인 트윗을 날립니다. 공과 사의 경계를 허물고 통제되지 않는 발언을 쏟아냅니다. 대통령의 품격은 찾기 어렵습니다.

하지만 지지자들은 트럼프의 트윗에 열광합니다. 트위터는 특성상 문장이 짧고 간결해야 하는데, 이는 트럼프의 성향과 잘 맞아떨어집니다. 트위터가 없었다면 오프라인에서 조직 기반이 약한 트럼프는 대통령이 되지 못했을지도(?) 모릅니다. 어찌 보면 트위터는 미국의 단단하고 낡은 정치 구도에 균열을 낸 강력한 무기로까지 발전한 셈입니다.

디지털에서 특히 유명인의 발언이 폭발력이 큰 이유는 무엇일까요? 디지털 공간의 특수성과 관련이 있습니다.

디지털은 총알이 장전된 총과 같습니다. 전투를 기다리는 누리꾼들에게 유명인의 한마디는 방아쇠입니다. 민감한 이슈에 대한 발언일수록 폭발력은 상상을 뛰어넘습니다.

인터넷뉴스 히트 제조기, 박근혜 전 대통령을 빼놓을 수 없습니다. 마치 화약을 지고 불에 뛰어드는 것처럼, 모든 말이 펑펑 터집니다. '간절히 원하면 전 우주가 나서서 도 와준다', '이러려고 대통령 했나 하는 자괴감이 든다'는 대표적으로 회자된 말입니다. 인터넷에는 어록 모음집까 지 돌아다닙니다. 대통령이 비아냥의 대상으로 전락했습 니다. 영화 대사처럼 '어이가 없'어서겠죠.

셀럽의 폭발력이 큰 또 다른 이유는 디지털만이 갖는 '좋 아요', '댓글', '공유'라는 기능 덕입니다. 누리꾼들은 공감 이 가는 좋은 기사에 적극적으로 '좋아요'를 누르고, 댓글 을 달고, 친구들과 공유합니다.

대형 이슈는 10분만 지나면 금세 포털 실시간 검색어에 오릅니다. 관련 검색어가 줄줄이 상위 자리를 차지합니다. 그걸 본 누리꾼들은 무슨 일인지 궁금해서 기사를 찾아 서 평하고, 관련 기사들을 함께 읽으며 쓰나미처럼 뉴스 해일 을 일으킵니다. 인터넷이 발달하기 전에는 상상하기 힘든 일이었습니다.

이슈메이커인 유명인의 발언은 디지털 제목에서 어떻게 다뤄야 할까요? 먼저, 이름을 반드시 넣어야 합니다. 그래 야 파급력이 크다. '누가' 발언했느냐가 중요합니다. 같 은 말이라도 보통 사람이 친구와 대화하면 잡담에 그치지 만, 유명인이 하면 확장성이 큽니다. 그 사람이 가진 맨파 워가 얼마나 세냐에 따라 폭발력의 세기가 달라집니다. 디지털은 입소문, 즉 바이럴을 잘 일으키는 뉴스에 주목합니다. 이런 뉴스는 홈페이지 하단에 있어도 누리꾼들이 귀신같이 찾아내 퍼나릅니다.

다음으로, 대중이 공분할 발언을 제목으로 뽑는 게 좋습니다. 디지털 공간은 '긍정의 힘'보다 '부정의 힘'이 훨씬 더 강하게 작동하는 경향이 있습니다. '촛불'이 한창 뜨거울 때 한 정치인이 "촛불은 바람이 불면 꺼진다"고 발언했습니다. 대중은 공분했고, LED 촛불을 들고 맞섰습니다. 재벌 2·3세의 갑질도 대중이 분노하는 소재입니다. 사람들은 그들의 안하무인 행동에 분노합니다. 부글부글 끓는 여론은 쉽사리 가라앉지 않습니다.

제목은 사람들이 공분한 내용이 무엇인지 찾아서 뽑아야 합니다. 발언을 그대로 옮겨주면 됩니다. 제목 글자 수가 한정되어 있으니 곁가지는 치고 핵심을 간명하게 뽑습니다. 편집자라면 회자될 만한 발언을 한눈에 찾아냅니다.

아침에 디지털에서 많이 볼 수 있는 기사는 정치 기사입니다. 그중에서도 정치인이 라디오방송에 나와 앵커와 인터뷰한 내용이 많습니다. 앵커는 정치인에게 이슈에 대해 집요하게 캐묻습니다. 뉴스가 될 만한 기삿거리를 뽑아내기 위해 고단수 정치인과 신경전을 펼칩니다. 감각 있는 정치인은 존재감을 드러내기 위해 일부러 뉴스가 될 만한 발언을 합니다. 정치부 기자라면 동물적 감각으로 논란을 일으킬 만한 발언을 놓치지 않습니다.

* * *

기자들은 디지털 기사까지 챙기며 업무 강도가 세졌습니다. 신문 지면만 생각하면 굳이 안 써도 될 기사를 쓰는 일이 잦습니다.

지면에서는 빠질 기사인데 디지털에 수고스럽게 써야 하느냐는 불만이 있을 법도 합니다. 이때 판단 기준은 '독자들이 알아야 하는가'입니다. 작은 가십이라도 독자들이 알아야 한다면 적극적으로 써야 합니다. 그게 유명인의 발언이라면 두말할 나위 없습니다. 무조건 써야 합니다.

연습문제 : 기사의 제목을 달아보세요

23일 스스로 목숨을 끊은 노회찬 정의당 원내대표는 재치있는 입담과 쉬우면서도 핵심을 찌르는 비유로 진보 가치를 전파한 정치인이었다. 수많은 어록을 남긴 그에게 대중은 '갓회찬', '노르가즘' 등 별명을 붙여주기도 했다.

그가 정치인으로서 대중에 각인시킨 건 2004년 '삼겹살 판갈이론'이다. 17대 총선에서 민주노동당 비례대표 후보로 출마한 그는 〈한국방송〉(KBS) '심야토론'에서 당시 거대 양당(한나라당, 민주당)을 비판하면서, 정치사에 남을 촌철살인 비유를 날렸다.

"한나라당과 민주당, 고생하셨습니다. 이제 퇴장하십시오. 50년 동안 썩은 판을 이제 갈아야 합니다. 50년 동안 똑같은 판에다 삼겹살 구워먹으면 고기가 시커매집니다. 판을 갈 때가 이제 왔습니다."

〈한겨레, 2018.7.23〉

핵심만 두고 버리기

3차 남북정상회담 9월18~20일 개최

경찰 '몰카 100일 집중단속' 648명 검거

추석연휴 전국 고속도로 통행료 면제

종로·동대문·동작·중구 '투기지역' 지정

태풍 '솔릭' 내일 한반도 상륙

지방 대도시도 인구 무너진다

2022 대입 정시 30% 이상으로 확대

내년 최저임금 8350원 확정

애플 '꿈의 시총' 1조달러 첫 돌파

다단계판매원 82% 작년수입 '0원'

이해찬 "수도권 공공기관 122개 지방이전 추진"

작년 출생아수 35.8만명 '역대 최소'

기사를 읽었는데 무슨 말인지 도통 모를 때가 있습니다. 기자들 말로 '야마'('산'을 뜻하는 일본말로, 기사의 핵심 주제를 일컫는 은어로 쓰인다)가 없을 때입니다. 취재가 부족하거나, 제대로 정리되지 않은 경우입니다. 기사에 허점이 수두룩합니다. 비문이 많은 기사는 떡이 목에 걸린 것처럼 숨이 턱 막힙니다. 보통은 데스크가 바로잡지만, 마감에 쫓겨 그냥 지면에 나가는 경우도 있습니다. 이런 기사를 편집하는 일은 곤혹스럽습니다. 빼버리고 싶지만 여의치 않을 때가 있습니다. 난감합니다. 신문이라면 단수를 최대한 줄입니다. 눈에 잘 띄지 않는 아래쪽에 배치합니다. 디지털은 좀 다릅니다. 속보가 중요한 기사는 완결성은 조금 떨어져도 신속하게 처리합니다. 함량이 떨어져도 '선 출고, 후 손질' 합니다. 촌각을 다투는 중요 기사는 내용 없이 제목만 올리기도 합니다. 분초를 다투기 때문입니다.

시간이 없다고 제목까지 대충 뽑을 수는 없습니다. 부끄러움은 편집자의 몫입니다. 핵심이 아닌 곁가지만 제목으로 뽑을 때는 민망합니다. 아침에 제목으로 나갔는지 확인하지 못한 채 다시 똑같은 제목을 달았을 때는 쥐구멍에라도 숨고 싶습니다. 핑계가 안 됩니다. 게으른 탓입니다. 함량이 떨어지는 기사를 받아도 최선을 다해야 하는 게 편집자의 숙명입니다. 기사 탓을 해봤자 피해 보는 건 독자입니다. 재료가 빈약하다고 요리까지 망칠 순 없습니다. 훌륭한 목수는 연장을 탓하지 않습니다.

기사의 품질이 떨어지는데 제목만으로 미친(?) 클릭이 나오는 일은 절대 없습니다. 요즘은 뉴스를 소비하는 채널이 많아 된장인지 고추장인지 독자들이 먼저 알아차립니다. 제목 장사로는 한계가 명확합니다. 트래픽이 높은 기사는 기사와 제목 모두 퀄리티가 높습니다. 기사와 제목은 시소가 아닙니다. 기사와 제목은 상생 관계입니다. 좋은 기사가 있어야 좋은 제목이 나옵니다.

디자인의 제1명제는 '형식은 내용을 따른다'입니다. 콘텐츠를 보고 디자인을 결정한다는 말입니다. 제목도 비슷합니다. 제목은 기사를 따릅니다. 기사에 없는 엉뚱한 제목을 달 수 없습니다. 디지털 제목은 무엇보다 분명한 메시지가 있어야 합니다. 애매모호한 제목은 통하지 않습니다.

- 바벨의 도서관 실현됐는데…왜 인간은 혼란스럽나
- 고양이 빌딩 첫 클로즈업…그 안에선 행방불명도 즐겁다
- 김혜자 백종원은 어떻게 우리를 구원했나
- 5만원으로 이것만 담아도 빈 지갑

신문 제목입니다. 이 제목을 그대로 디지털로 가져오면

무슨 말인지 알 수 없습니다. 신문과 디지털의 문법은 분명히 다릅니다. 디지털 제목은 신문 제목보다 훨씬 더 직관적입니다. 한번 읽었을 때 금방 이해되어야 합니다. 빙빙 둘러서 표현하다가는 독자들이 떠납니다.

메시지가 분명한 제목은 어떻게 뽑아야 할까요?

제1원칙, 한 놈만 패자. 많은 내용을 다 담으려면 제목이 산으로 갑니다. 제일 중요하다고 생각하는 내용 하나만 붙잡고 결투를 벌여야 합니다. 나머지는 다 버려도 좋습니다. 버릴 수 없을 때까지 줄이고 줄여야 좋은 제목의 꼴이 갖춰집니다.

제2원칙, 쉽게 쏙쏙. 독자가 이해할 수 없으면 좋은 제목이 아닙니다. 진정한 전문가는 일반인이 이해하기 어려운 내용을 쉬우면서도 귀에 쏙 박히도록 설명하는 사람입니다. 설명을 잘 못하는 전문가는 얼치기입니다. 기자는 중학교 2학년생이 읽어도 이해되도록 기사를 써야 한다고 수습 때 배웁니다. 제목도 크게 다르지 않습니다. 배움이 길든 짧든 보통 사람이 읽었을 때 이해되어야 합니다. 같은 편집자가 읽어도 무슨 말인지 모르는 제목을 독자에게 전달할 수는 없습니다.

제3원칙, 명확하게. 귀에 걸면 귀걸이, 코에 걸면 코걸이 같은 제목은 초점이 흐릿합니다. 포격할 때 정확한 좌표를 찍어 공격하듯, 제목도 타깃이 분명하지 않으면 빗나갑니다. 학교 폭력을 다루는 기사 제목은 '학교'와 '폭력'이 명확하게 키워드로 드러나야 합니다.

제4원칙, 강-중-약. 메시지 전달도 호흡이 중요합니다. 모든 제목이 똑같이 '강-강-강'이나 '약-약-약'이면 안 됩니다. 홈페이지를 방문했는데 모든 제목에 힘이 잔뜩 들어가 부담될 때가 있습니다. 제목 톤을 균형감 있게 조절하는 데 실패했기 때문입니다. 음식으로 비유하자면 고기만 있는 경우입니다. 제목 한 줄에도 강-중-약이 있습니다.

* * *

정치 기사는 메시지가 분명하지 않은 경우가 많습니다. '그 말은 그런 뜻도 있고 이런 뜻도 있다'는 식입니다. 그 말을 받아들이는 사람에 따라 다른 식으로 해석하게 만드는 것이 정치 언어입니다. '진짜인 듯 진짜 아닌 진짜 같은' 언어유희를 구사합니다. 노련한 정치 9단일수록 이런 언어에 능합니다. YS와 JP가 대표적이었습니다. 언어에 메시지를 감춘 이유는 정치 환경과 관련 있습니다. 박정희·전두환 정권 시절에는 말 한번 잘못하면 언제든 정보기관에 끌려가곤 했습니다. 이런 엄혹한 환경이 비유와 은유, 상징의 언어를 꽃피우게 한 것입니다. 70~80년대 신문 제목도 당연히 은유적 표현이 많았습니다. 말이 자유롭지 않던 때, 소설보다 시가 더 읽혔던 이유이기도 했습니다. 민주화가 되어 표현의 자유가 보장되면서 은유보다 직접적으로 본뜻을 전달하는 제목이 늘어났습니다. 오해의 소지를 없애고 정확하게 본뜻을 전달하기 위함입니다. 그러다 보니 제목의 맛은 과거보다 떨어졌습니다. 대신 그래픽 등 시각적 요소를 결합한 제목이 늘어났습니다. 제목의 변천사입니다.

스포츠 기사는 승패가 명확하고 메시지가 분명합니다. 하지만 모든 제목을 경기의 승패로 달면 밋밋하고 재미없는 제목이 됩니다. 경기 결과야 표로 간단히 정리하면 알 수 있죠. 스포츠 기사 제목은 재미가 있어야 합니다. 경기의 승패를 결정지은 선수를 띄울 수도 있고, 하이라이트 장면에 초점을 맞출 수도 있습니다. 디지털은 특히 경기의 승패만 전달하면 0점짜리 제목입니다. 물론 그날의 승패가 월드컵 진출을 결정한다든지, 프로야구 한국시리즈 진출을 결정짓는 예외적인 경우를 빼곤 말이죠. 스포츠 기사 제목은 스토리를 담아야 흥미진진하고 재미있습니다. 클라이맥스가 있어야 손에 땀이 납니다.

• 178cm의 장쾌한 꿈, 덩크왕

• 식스맨 주희정, 긍정은 나의 힘

　이런 제목은 인물 스토리를 담고 있습니다. 화려한 스포트라이트 뒤의 인간적인 면을 느낄 수 있는 기사를 만날 때 독자들은 환호합니다. 독자들은 다 알고 있는 내용보다 미처 몰랐던 새로운 사실을 다룬 기사를 읽을 때 뜨겁게 반응합니다. 이런 기사 제목은 그 사람의 진면목을 느낄 수 있게 한다면 약간 오버해도 좋습니다. 좋은 일을 조금 부풀렸다고 나무랄 독자는 없습니다.

　선거는 '메시지 정치'의 경연장입니다. 온갖 구호와 표어가 넘쳐납니다. 정책을 간명하게 담은 현수막이 넘실댑니다. 하고 싶은 이야기를 압축해서 분명하게 전달하지 못하면 선거에서 이기기 힘듭니다. 제목도 같습니다. 메시지를 압축해서 간명하게 전달하는 능력이 중요합니다. 글자는 제한되어 있고, 할 말은 많습니다. 좋은 표어처럼 짧게 압축해서 분명하게 전달해야 합니다. 입에 착 감기고 자주 중얼거리게 만드는 제목, 그보다 좋은 제목은 없습니다.

연습문제 : 기사의 제목을 달아보세요

정부가 서울 동작구와 종로구, 동대문구, 중구 등 4곳을 새로 투기지역으로 지정했다. 또 경기 광명·하남시는 기존 조정대상지역에서 투기과열지구로 지정하기로 했다. 안정세를 보여오던 주택시장이 최근 서울과 일부지역을 중심으로 국지적으로 과열현상을 보임에 따라, 시장안정화 대책이 필요하다는 취지에서다.

27일 국토교통부와 기획재정부는 이런 내용을 뼈대로 한 집값 대책을 발표했다. 일반적으로 정부 규제는 조정대상지역에서 투기과열지구, 투기지역으로 갈수록 강해진다. 현재 조정지역에선 다주택자 양도세 중과, 투기과열지구에선 재건축 조합원 거래금지, 주택담보인정비율·총부채상환비율 강화가 적용된다. 투기지역은 이런 규제에다 주택담보대출 건수가 세대당 1건으로 제한되는 등의 조처가 더해진다.

현재는 서울 내 투기지역이 강남과 서초, 송파, 강동, 용산, 성동, 노원, 마포, 양천, 영등포, 강서 11곳이다. 이들 지역은 지난해 8월 정부 부동산 대책에 따라 지정된 바 있다.

〈한겨레, 2018.8.27〉

낚시는 낚시터에서

최순실 딸 정유라 집에 괴한 침입…강도 추정 (원래 제목)
→ 정유라 집에 30대 남성 침입해 흉기로 찔러 (바뀐 제목)

일 '독도는 일본 땅' 17분짜리 동영상 유포…어떤 내용 담겼나? (원래 제목)
→ 日서 은밀히 유출된 17분 동영상…틀어보니 여교사가 (바뀐 제목)

조현아, 구속영장 발부…수감 첫날 밤 구치소에서 (원래 제목)
→ 조현아, 구속 첫날 밤 구치소에서…이럴수가 (바뀐 제목)

영 세계 최초로 비아그라 약국 판매 시작 (원래 제목)
→ 처방전 없이 약국에서 비아그라 살 수 있다 (바뀐 제목)

교총 회장 "학생들 성 개방 풍조 위험수위…인성교육 해야" (원래 제목)
→ 성 경험 고백, 여중생 절반 이상이…충격 실태 (바뀐 제목)

신정환 근황 포착…특유의 비글미+밝은 미소 (원래 제목)
→ 불법 도박 신정환 근황 포착…충격적인 모습 (바뀐 제목)

페이스북이 2016년 8월부터 뉴스피드 게시물에서 낚시 기사를 걸러낼 새 알고리즘을 도입했습니다. 낚시 기사를 식별하는 두 가지 기준이 흥미롭습니다. 제목이 기사의 핵심 내용을 누락한 경우, 기사 내용을 과장한 경우입니다. 낚시 기사 제목의 사례 두 가지를 제시했습니다.

- 사과가 몸에 나쁘다고?
- 소파 아래를 들여다봤더니 이것 나와, 충격!

전자는 기사 내용을 과장한 경우이고, 후자는 기사의 핵심 내용이 빠진 사례입니다. 페이스북의 조치를 보고 낚시 제목이 세계적인 현상이란 사실을 새삼 알았습니다. 한편으로는 낚시 제목의 폐해가 얼마나 심했으면 새 알고리즘까지 개발했을까 하는 생각에 씁쓸했습니다.

우리 언론도 더했으면 더했지 덜하지 않습니다. 1년여 전만 해도 어뷰징이 극에 달해 부작용을 우려하는 목소리가 컸습니다. 뉴스제휴평가위원회가 만들어진 뒤로 조금 덜해지고 있지만요. 언론은 왜 어뷰징을 할까요? 클릭 수를 늘려 광고 수익을 높이기 위해서입니다.

지금은 많이 줄었지만 어뷰징을 발생시키는 진원지라고 할 수 있는 '실시간 급상승 검색어(실검)'는 건재합니다. 포털은 독자들의 알 권리를 내세워 실검 정책을 고수하고 있습니다. 알 권리를 위해서인지, 이익을 극대화하기 위해서인지는 독자들의 판단에 맡기겠습니다. 우리가 매일 보다시피 실검에 오르는 기사는 열 개입니다. 네이버는 100여 개 언론사로부터 하루 3만여 개의 기사를 받습니다. 어떤 현상이 벌어질까요? 실검 열 개에 오르기 위해 분초를 다투며 피 튀기는 전쟁을 치릅니다. 열 개의 검색어 메인에 걸리지 못하더라도 2~3순위에 올리기 위해 속보 경쟁에 열을 올립니다. 포털이 정책을 바꾸지 않는 한, 어뷰징의 정도 차이는 있을지 몰라도 완전히 사라지기는 요원합니다.

어뷰징은 '뭔가 새로운 소식이 없을까' 하는 독자들의 기대 심리를 이용합니다. 제목만 보면 한껏 기대되는데, 막상 기사를 읽어보면 '헉!'입니다. 독자들은 충격에 빠지며 허탈해합니다. 한때 '도대체 이럴 수가!', '헉, 충격!' 같은 단어가 유행처럼 제목에 들어갔습니다. 지금은 이런 제목을 쓰면 촌스럽다고 생각하지만 당시에는 대표적인 어뷰징 행태였습니다. 오죽했으면 '충격 고로케'라는 사이트까지 생겼을까요. 2013년에 만들어진 이 사이트는 '충격, 경악, 헉, 이럴 수가'와 같은 자극적인 단어가 들어간 제목이 얼마나 많은지 살펴보았는데요, 당시 결과가 정말 충격적입니다. 열 개의 대표적인 '낚시' 단어를 포함하고 있는 제목의 기사를 1주일 동안 모았는데, 무려 3,000건 가까이 됐습니다. 놀랍게도 메이저 언론사들이 상위권을 차지하고 있었습니다. 지금은 덜하지만 그야말로 어뷰징 과잉 시대라고 해도 과언이 아니었습니다.

요즘은 어뷰징은 아니지만 조금 다른 형태로 독자를 유혹하는 장치를 씁니다. 바로 '단독'입니다. 단독인 듯, 단독 아닌, 단독 같은 기사가 참 많습니다. 최순실 게이트 보도 때는 하루에 '단독'이 붙은 기사가 70개 정도일 때도 있었습니다. 언론사들이 실제로 그렇게 단독 보도를 많이 했을까요? 물론 한창 보도 경쟁이 달아올랐던 사정을 감안하면 충분히 가능합니다. 그런데 조금 과도한 측면이 있습니다. 평상시라면 굳이 '단독'을 붙이지 않을 기사도 여론의 관심이 크다 보니 너도나도 '단독'을 갖다 붙입니다. 제목 앞에 '단독'이 붙으면 뭔가 큰 특종이라는 인상을 줍니다. 클릭 수를 끌어올리기 위한 '제목 낚시' 도구로 쓰인 것입니다. 독자들도 그 기사를 그냥 지나치기가 쉽지 않습니다. 문제는 과잉입니다. 가끔은 다른 언론도 다루고 있는 기사에 버젓이 '단독'을 붙인 경우까지 있습니다. 과대 포장을 한 '질소 과자'와 다르지 않습니다. 절제의 미덕이 필요합니다.

반론이 있을 수 있습니다. '제목이라는 게 어차피 기사를 안내하는 구실을 하는 것 아니냐', '기사를 읽게 만드는 게 제목인데 약간의 오버는 해도 되는 것 아니냐'. 무슨 말인지 이해됩니다. 문제는 한 끗 차이입니다. 잘 쓰면 환자를 치료하는 칼이 되고, 잘못 쓰면 흉기가 됩니다. 약간의 과장이 들어가더라도 진정성 있게 기사를 소개하는 제목은 독자들이 금세 알아봅니다. 기사 내용을 충실하게 요약하는 제목일 수도 있고, 기사 중에서 가장 눈길을 끄는 부분을 부각시키는 제목일 수도 있습니다. 어쨌거나 좋은 제목은 여럿 중에서도 빛이 납니다.

뉴스 편집을 20년 넘게 해오고 있지만, 기사를 접할 때마다 긴장합니다. 정답이 없어서입니다. 기사가 다르니 제목이 같을 수가 없죠. 같은 기사여도 편집자가 다르면 같은 제목이 나올 수 없습니다. TV 프로그램 「K팝스타」의 심사위원인 박진영 씨가 늘 하는 말이 있죠. 똑같은 노래라도 어떤 가수가 부르냐에 따라 백팔십도 다른 느낌으로 들린다고요. 그 변화는 같을 수가 없다고요. 장르야 다르지만 편집 일도 비슷합니다. 편집자를 거치면서 질적인 변화가 일어나야 합니다. 연합뉴스 제목과 똑같은 제목을 뽑는다면 편집자가 필요 없이 인공지능으로 대체하는 게 훨씬 효율적입니다. 편집자를 거친 제목은 18K 금도 순금처럼 보이더라는 평가를 받아야 하지 않을까요.

* * *

2000년대 초반 '낚시' 선수들은 스포츠지에 있었습니다. 당시는 스포츠지 전성시대였습니다. 지하철역이나 버스 정류장 인근 가판대는 스포츠지의 독무대였습니다. 1면 제목이 독자의 눈길을 잡느냐 못 잡느냐에 따라 그날 판매량이 결정됐으니 경쟁이 얼마나 심했을지 짐작하고도 남습니다. 제목이 무조건 눈에 띄어야 했습니다. 스포츠지 1면 편집자는 감각이 뛰어난 베테랑이 맡았는데, 제목 낚는 프로 사냥꾼이었죠. 사람들 허를 찌르는 제목의 향연이 펼쳐졌습니다. 신문 읽는 재미가 쏠쏠했습니다. 낚시 수준이 한 차원 높았던 겁니다. 팩트를 가지고 요리조리 요리하며 뽑아낸 제목은 무릎을 탁 치게 만들었습니다. 그만큼 기사도 전문성이 있었습니다. 기자들은 프로였습니다. 경쟁지를 이겨야겠다는 심리 또한 강했습니다. 제목에서 밀렸다고 생각하는 날이면 다음 날 승부수를 띄워 한 방 먹였습니다. 선의의 경쟁을 하며 기자들의 실력도 동시에 높아진 때였습니다. 지금과 비교하면 제목의 클래스가 달랐습니다.

이후 낚시 제목의 폐해가 두드러진 데는 인터넷뉴스 환경과 관련이 깊습니다. 초기에 인터넷뉴스는 신문보다 가볍다는 인식이 퍼지다 보니 쉽게 기사를 쓰고 제목을 뽑는 일이 많았습니다. 심지어 디지털은 B급 제목을 달아야 통한다는 말까지 돌았습니다. 좋은 제목이지만 트래픽에 도움이 되지 않으면 여지없이 쓰레기통에 버려졌습니다. 생태환경이 다르다는 이유로 제목도 장사의 도구쯤으로 여겨졌습니다. 포털에서 살아남으려면 어쩔 수 없다며 스스로를 위안했습니다. 악화가 양화를 구축했다고 할까요. 또 디지털 제목은 손쉽게 바꿀 수 있으니 오래 고민하지 말고 빨리빨리 노출시키라는 분위기도 한몫했습니다.

제목을 뽑는 편집자는 처음에 자기 고집대로 제목을 뽑았다가 트래픽이 안 나오면 자극적인 제목으로 바꿔봅니다. 조미료 맛에 길들여지듯 점차 강한 자극이 아니면 스스로 만족 못하는 지경에 이릅니다. 독자는 독자대로 낚시 제목에 길들여져 담백한 제목을 외면합니다. 악순환이 반복됩니다. 이런 토양이 어뷰징을 불렀다고 할까요. 포털이 조장한 측면이 있습니다만, 언론의 책임이 가벼워지는 건 결코 아닙니다.

낚시 기사와 낚시 제목을 피하려면 어떤 노력이 필요할까요?

첫째, 팩트를 충실히 담아야 합니다. 속보라는 이유로 팩트 확인이 안 된 기사를 쓰고 제목을 뽑아서는 안 됩니다. 사실이 확인되지 않은 기사를 쓰느니 차라리 속보를 포기하는 편이 낫습니다. 어렵게 쌓아올린 신뢰가 무너지는 건 한순간입니다. 둘째, 침소봉대해서는 안 됩니다. 사실의 아주 조그만 부분을 부풀려 전체인 양 왜곡해선 안 됩니다. 전체 맥락과 상관없는데, 일부 표현이 눈에 확 들어온다고 무턱대고 써서는 안 됩니다. 맥락을 잘 설명해주는 제목을 뽑아야 합니다. 셋째, 낚시 제목이 아닌 독자를 유혹할 단어를 개발해야 합니다. 예전의 스포츠지 제목들처럼 핵심을 관통하면서도 입에 착 감기는 단어를 찾아야 합니다. 고민하지 않고는 나오지 않습니다. 물리적 시간이 필요하기도 합니다. 속도전에 매몰되지 말고, 때로는 제목 고민할 시간을 가져야 합니다. 인스턴트 제목이 아닌 명품 제목에 도전할 여유가 필요합니다. 낚으려면 제대로 낚아야 합니다.

가짜 뉴스 지뢰

왓츠앱이 밝힌 가짜뉴스 10가지 대처법

1. 메시지가 언제 전달된 건지 살펴라

2. 당신을 화나게 하는 정보는 의심하라

3. 안 믿기는 정보는 의심하라

4. 철자가 잘못된 정보는 의심하라

5. 첨부된 사진을 유심히 살펴라

6. 링크를 살펴라

7. 다른 매체에도 비슷한 뉴스가 있는지 확인하라

8. 전달하기 전 한 번 더 살펴라

9. 수상한 계정이나 전화번호는 차단하라

10. 많은 사람이 받은 똑같은 메시지는 의심하라

2016년 미국 대선은 가짜 뉴스(페이크 뉴스)가 극심했습니다. 가짜 뉴스는 실제 뉴스처럼 그럴듯하게 포장되어 SNS로 유통되었습니다.

지난 미국 대선 기간 중 페이스북에 가장 많이 언급된 선거 기사는 '프란치스코 교황, 도널드 트럼프 지지 선언'이었습니다. 이 뉴스는 순식간에 SNS를 통해 퍼졌습니다. 언급 횟수만 무려 96만 건에 달했습니다. 진원지는 'WTOE 5 뉴스'라는 웹사이트였습니다. 온라인 뉴스 서비스를 하는 곳으로 보이지만 실은 가짜 뉴스를 만들어 뿌리는 곳이었습니다.

마음만 먹으면 SNS에서 손쉽게 여론을 조작할 수 있는 현실을 깨닫게 해준 사건이었습니다. 여론 왜곡은 특정 인물에게 불리하게 작용하기도 했습니다. 당시 선거 과정에서 페이스북에 가장 많이 언급된 가짜 뉴스 다섯 건 중 네 건이 힐러리 이메일 유출 관련 뉴스였고, 한 건이 트럼프에 우호적인 뉴스였습니다. 가장 이득을 본 사람은 물론 트럼프였습니다.

2017년 대선을 앞둔 국내에서도 가짜 뉴스에 속은 해프닝이 있었습니다. 새로 선출된 유엔 사무총장이 유엔 결의 위반을 이유로 반기문 전 총장의 한국 대선 출마를 반대하고 있다는 뉴스였습니다. 야권 대선 주자가 이 뉴스를 인용했다가 정정하는 일이 벌어졌습니다.

박근혜 대통령 탄핵 관련 가짜 뉴스도 있었습니다. 영국과 일본의 정치학자가 한국의 비정상적인 탄핵 운동을 지적했다는 기사였습니다. 사실 이 뉴스는 박근혜를 지지하는 내용이라면 앞뒤 안 가리고 무작정 퍼나르는 '박사모'를 겨냥해서 만든 페이크 뉴스였습니다. 이 가짜 뉴스에 인용된 영국과 일본의 정치학자는 게임과 만화의 등장인물 이름이었습니다. 놀랍게도 이 뉴스는 한동안 박사모를 중심으로 SNS를 뜨겁게 달구며 공유됐습니다.

사람들은 왜 가짜 뉴스에 열광할까요? 사람들은 자기 취향에 맞는 정보에 열광하는데, 소수 의견을 가진 사람일수록 자기 취향에 맞는 정보를 찾았을 때 더 열광한다고 합니다. 그러다 보니 객관성을 띤 언론 기사로 포장한 가짜 뉴스에 속기 딱 좋습니다. 내 입맛에 맞는 뉴스를 찾기 어려운데, 그 갈증을 해소해주는 뉴스가 나오면 앞뒤 보지 않고 사실로 믿는 것이지요.

디지털, 특히 SNS는 가짜 뉴스가 유통되기에 좋은 환경입니다. 많이 읽는 기사는 게시물 도달 수가 수백만 명에 달합니다. 광속으로 퍼집니다. 가짜 뉴스가 최초에 10만 명한테 노출된다고 가정할 때, 10만 명이 평균 100명과 친구를 맺고 있다면 한 단계만 거쳐도 1,000만 명한테 뉴스가 도달한다는 계산이 나옵니다. 어마무시하지요?

가짜 뉴스에 속아 뉴스를 잘못 퍼뜨렸다가는 뒷감당하기

힘든 상황이 벌어집니다. 팩트 확인이 절대적으로 중요합니다. 하지만 일반인들이 SNS를 하며 일일이 팩트 체크를 하기는 쉽지 않습니다. SNS 글이 몇 차례 세탁 과정을 거쳐 신뢰도 높은 글로 포장되는 건 어렵지 않습니다.

유명인이 아닌 개인의 SNS 글이야 사회적으로 논란을 일으킬 소지가 별로 없습니다. 유명인이나 언론사의 SNS 글은 전혀 다릅니다. 가짜 뉴스를 유통시켰다가는 자칫 신뢰에 치명타를 입습니다. 유명인과 언론사가 만들어 유통하는 뉴스는 믿을 만하다고 생각하기 때문입니다. 바쁘더라도 반드시 팩트 확인을 해야 합니다. 가짜 뉴스의 덫은 곳곳에 도사리고 있습니다.

물론 언론은 몇 번의 검증 과정을 거치는 데스킹으로 가짜 뉴스를 걸러냅니다. 상대적으로 디지털은 좀 취약합니다.

원칙을 지키고 정도를 걸으면 아무런 문제가 없습니다. 뒤탈은 항상 비정상적 상황에서 벌어집니다. 시간이 부족해서, 출입 기자가 휴가를 가서, 일이 너무 몰려 세심하게 못 봐서 등등. 사고가 터진 날은 모든 아귀가 맞아떨어집니다. 내가 알고 있는 사실과 다르면 확인해야 합니다. 기억보다 사실을 믿어야 합니다.

신문도 그렇지만 디지털 제목은 더 신중해야 합니다. 수정하기 쉽다고 대충 뽑아서는 곤란합니다. 물론 그런 편집자는 없겠지만, 디지털 부서의 여건이 아직은 여유롭지 않습니다. 오류를 걸러줄 장치가 지면에 비해 열악합니다. 따로 교열하는 곳이 많지 않습니다. 여유가 있으면 좀 따져보고, 의문 가는 대목이 있으면 검색을 통해 사실이 맞는지 확인하겠죠.

하지만 여의치 않을 때가 많죠. 대부분은 시간이 없어 '기사가 맞겠지' 하고 넘어갈 때가 많습니다. 여러 명이 작업하는 웹사이트 편집은 그나마 낫습니다. 페이스북 등 SNS는 한두 명의 기자가 담당하는 언론이 많은데, 취약한 조건에서 크로스체크하기가 말처럼 쉽지 않습니다. 많이 공유되는 뉴스를 찾다 보면 자칫 가짜 뉴스에 낚일 수 있습니다.

가짜 뉴스와 오보는 분명 다릅니다. 가짜 뉴스는 일부러 속이기 위해 뉴스를 생산하는 것이고, 오보는 사실과 다른 뉴스를 전달했지만 고의성이 없습니다. 오보가 의도치 않은 실수라고 해도 언론사로서 책임의 무게가 줄어들지는 않습니다.

2000년 미국 대선 때 그곳 언론이 대형 오보를 냈습니다. 출구 조사 결과를 바탕으로 고어의 당선을 확정적으로 보도했습니다. 그런데 결과는? 플로리다 주에서 고어와 부시 후보의 표차가 오차 범위에 들어 재검표에 들어갔습니다. 부시의 승리였습니다. 이 출구 조사 뉴스는 오보의 대명사가 됐습니다.

국내 언론 역시 미국 언론의 출구 조사 결과를 인용해 고어의 당선을 1면 제목으로 뽑았다가 부랴부랴 바꾼 적이 있습니다. 뼈아프지만 귀중한 교훈도 얻었습니다.

결과가 확실하지 않은 보도는 신중하게 제목을 뽑아라! 당시 사실에 가장 근접한 제목은 '부시 잠정 집계서 승리'였습니다. 다른 신문이 '고어 미 대통령 당선'이라고 제목을 뽑은 것과 비교해보면, 이 신문은 상당히 신중했습니다. 결과적으로 오보를 하지 않았습니다. 의심되면 최대한 확인해야 합니다. 그래도 확신이 없으면 그 시점에서 최대한 확인된 사실만 제목으로 뽑아야 합니다.

* * *

때론 가짜 뉴스를 웃고 넘길 때가 있습니다. 만우절 거짓말인데요, 언론이 일부러 독자를 속이기 위해 가짜 뉴스를 만듭니다. 영국 일간지 〈더 선〉은 '세계 최초로 맛이 나는 신문지 개발'이라는 제목 아래 지면의 빈 공간을 가리키며 '여기를 핥고 맛을 품평해 이메일로 보내주세요'라는 기사를 내보냈습니다.

다음 날 이 기사는 만우절 기사였다고 고백했는데, 독자들은 화를 내기보다 웃으며 넘겼습니다. 재미있다고 생각한 것입니다. 이 뉴스는 딱딱하다는 고정관념을 깨고 신선함을 준 경우입니다. 그에 비하면 우리 뉴스는 전반적으로 무겁습니다. 독자에게 웃음을 주는 디지털 웹페이지, 하루쯤 허용해도 되지 않을까요?

제목의 10가지 기본원칙

심화 편

제일 어려운 '쉬운 제목'

"상추를 삼겹살에 싸 먹어야 하나" 상추값 폭등

"취업·알바에 걸림돌"…문신 지우는 2030

터키 '350만원에 군면제' 시행…농기구·가축 급매물 쇄도

세금 낼 바에 가족에게…'서울 아파트 증여' 역대 최대

또 '발암물질' 고혈압 약…59개 품목 판매 중지

도련님·아가씨 성차별적 가족용어 바꾼다

"기내식 없어서"…아시아나 무더기 지연

오늘부터 바뀐다…종합병원 2·3인실 입원료 절반

애플제품 '수리 비법' 담긴 동영상 유출됐다

북 풍계리 폭파한 날…트럼프, 북미회담 전격 취소

강진에 마비된 일 홋카이도…정전에 철도·항공 올스톱

'철밥통' 육사 교수들, 72년 만에 첫 해임

7년간 총성 오간 삼성-애플 '종전 선언'

공부한 내용을 온전히 이해했는지 확인할 수 있는 방법은 남한테 설명해보는 것입니다. 제대로 이해하지 못하면 설명하기가 어렵습니다. 아는 만큼 설명하는 법입니다. 같은 과목을 가르쳐도 쉽게 설명하는 선생님이 있습니다. 귀에 쏙쏙 들어옵니다. 기사도 마찬가지입니다. 기사가 어렵다는 말은, 달리 말하면 기자가 사안을 제대로 이해하지 못했다는 것입니다. 취재기자가 내용을 이해 못한 채 기사를 쓰면 무슨 기사인지 알 수가 없습니다. 완벽하게 이해하고 있어야 기사를 쉽게 쓸 수 있습니다.

문제는 쉽게 쓰기가 쉽지 않다는 데 있습니다. 왜 어려울까요? 짧은 시간 안에 써야 하기 때문입니다. 시간이 넉넉하면 자료를 충분히 찾아보고 전문가의 의견을 들어본 뒤 생각을 정리할 수 있습니다. 마감 시간이 있는 보도는 시간과의 싸움입니다. 짧은 시간에 복잡한 내용을 요약하고 기사 형식에 맞춰 써야 합니다. 100퍼센트 완벽한 기사를 만들기가 애초에 불가능합니다. 기사는 논문이 아닙니다. 전문적인 내용을 독자들이 이해하기 쉽게 풀어주는 게 기자의 일입니다. 신문 독자들은 다양합니다. 직업도 천차만별입니다. 교수도 있고 농부도 있습니다. 세대도 다양합니다. 20대도 있고 70대도 있습니다. 독자들이 골고루 분포되어 있어 어느 한 세대만 바라보고 신문을 만들 수는 없습니다.

중학교 2학년생이 이해하는 데 무리가 없을 정도로 기사를 쓰고 제목을 달아야 합니다.

그럼 어떻게 해야 할까요? 무조건 쉬워야 합니다. 쉽다는 것은 수준이 낮다는 말이 아닙니다. 어려운 내용의 기사도 알기 쉽게 써야 한다는 뜻입니다. 제목도 그렇습니다. 아무리 어려운 기사가 있어도 제목은 알기 쉽게 달아야 합니다. 그래야 읽어보고 싶은 마음이 듭니다. 제목이 어려우면 읽고 싶은 마음이 생기지 않습니다. 그냥 지나칩니다. 그런 제목이 많으면 신문이 어렵다는 말을 듣습니다. 독자들이 이탈합니다. 인터넷뉴스 소비가 많은 지금은 더욱더 쉬운 제목을 뽑아야 합니다. 한눈에 들어오지 않으면 눈길을 사로잡을 수 없습니다. 독자들이 클릭하지 않습니다.

쉬운 제목을 뽑는 비법이 있을까요?

먼저, 읽어서 막힘이 없어야 합니다. 소리 내어 읽을 때 술술 넘어가야 합니다. 어딘가 막힌 곳이 있으면 다른 말로 바꿔서 자연스러운지 살핍니다. 피가 잘 통해야 동맥경화가 오지 않듯, 제목도 잘 통해야 합니다. 하나의 문장으로 완결성이 있어야 합니다. 술술 읽히면 일단 큰 산은 넘었다고 봐도 됩니다.

두 번째는 명사는 동사로 바꿔보고, 딱딱한 문어체는 구어체로 바꿉니다. 정답은 아니지만 제목 트렌드라고 할까요, 제목의 변화와 관련 있습니다. 80~90년대만 해도 스트레이트 기사 제목은 서술어를 빼고 명사만으로 쓰는 게 불문율이었습니다. 강한 임팩트를 주기 위해 핵심 단어만으로 제목을 구성했습니다. 불필요한 서술어는 과감하게 빼고 명사 조합으로 제목을 만들었습니다. 글자를 최대한 압축했습니다. 단 한 자로 제목을 달 때도 있었습니다. 요즘 말로 하면 기름기 쫙 빼고 달았습니다. 일본의 세로쓰기 신문 영향을 받은 결과입니다. 80년대 후반, 가로쓰기 신문이 나오면서 변화가 일었습니다. 초창기엔 과거의 습성을 버리지 못해 제목 꼴이 비슷했습니다. 2000년대에 가로쓰기 신문이 정착하며 신문 제목도 본격적으로 변화했습니다. 구어체가 종합면과 정치면 등 주요 지면에 종종 쓰였습니다. 지금 제목을 보면 설명형 제목이 대부분인데, 과거엔 상상할 수 없는 변화입니다. 식자층이 주로 보던 오랜 전통이 만든 제목 스타일에 혁명적 변화입니다. 독자가 젊어지고, 내러티브형 기사가 많아지면서 바뀐 흐름입니다.

세 번째는 기사를 읽지 않는 독자 입장에 서는 것입니다. 편집자는 게이트 키퍼이자 첫 번째 독자로서 제목을 뽑습니다. 편집자가 기사를 이해 못한 채 내용만 압축해서 다는 제목은 0점짜리입니다. 편집자 혼자만 아는 제목은 쓸데가 없습니다. 편집자가 기사를 이해 못하는데 독자들이 알아줄 리 만무합니다. 모르면 찾아보고, 취재기자에게 다시 쓰라고 요구해야 합니다. 편집자가 읽었을 때 이해하지 못하면 독자들은 더 모릅니다. 또 옆에 앉아 있는 동료에게 물어보는 것도 좋은 방법입니다. 제목이 이해되는지, 어렵지 않은지. 만약 기사를 읽지 않은 편집자가 제목만 보고도 무슨 기사인지 알겠다는 답변이 오면 괜찮습니다. 이런 단계를 거치면 제목이 훨씬 쉬워집니다.

하지만 말처럼 쉽지 않습니다. 훈련이 필요합니다. 인터넷뉴스 소비가 늘어나면서 언론사들의 속보 경쟁이 뜨겁습니다. 신문 지면 또는 방송 뉴스를 통해서만 무슨 일이 일어났는지 알던 시대가 아닙니다. 취재기자가 담당 출입처에서 무슨 일이 생기면 바로 기사를 써서 포털에 보내야 합니다. 제목까지 함께 뽑아서. 당연히 제목 뽑는 훈련이 덜 된 취재기자는 어려움을 겪습니다. 어떻게 제목을 달아야 디지털 독자들에게 더 어필할 수 있는지 몰라 답답합니다. 훈련되지 않았으니 어려운 건 당연합니다. 첫술에 배부를 순 없습니다. 시간이 필요합니다. 그 시간을 단축시키는 팁이 없을까요? 오랜 시간 제목을 뽑아온 편집자처럼 할 수 없습니다. 기사만의 작법이 있듯, 편집만의 작법이 있습니다.

* * *

TV 프로그램 「K팝스타」에서 박진영 씨가 입에 달고 하는 말이 있습니다. "넌, 말하는 게 어렵니?" 긴장해서 몸에 힘이 들어가면 자기 노래를 부를 수 없다고 충고합니다. 주눅이 들면 자기 실력을 발휘하지 못하고 자꾸 힘이 들어간다는 말인 것 같습니다.

제목도 비슷합니다. 어려워하면 제목이 자꾸 길어지고, 자기가 기사를 썼는데도 제목을 달아놓으면 무슨 말인지 이해 못할 지경까지 갑니다. 이럴 때 말하듯이 제목을 달아보는 겁니다. 기사의 핵심을 상대에게 말을 걸듯이 설명하는 식으로 제목을 풀어보세요. 의미 전달이 됐다고 생각하면 어려운 단어가 있는지, 키워드가 빠지지 않았는지 살펴보세요. 여기까지 왔으면 90퍼센트는 된 겁니다. 나머지 10퍼센트는 길게 뽑은 제목을 압축하는 일입니다. 자기 기사를 제목으로 뽑다 보면 중요한 부분이 한두 개가 아닙니다. 모든 내용을 제목에 넣고 싶은 욕구가 강합니다. 10퍼센트는 욕심을 버리고 제일 중요한 것만 남겨두고 모조리 버리는 겁니다. 쉽지 않겠지만 제목은 버릴수록 좋아집니다.

나태주 시인은 '자세히 보아야 예쁘다 / 오래 보아야 사랑스럽다 / 너도 그렇다'(「풀꽃」)고 노래했습니다. 제목도 그렇습니다. 기사를 자세히 보고 오래 보아야 좋은 제목을 뽑을 확률이 높아집니다. 쉽게 이해되어야 좋은 제목입니다.

짧고 굵게 살자

대체복무 '어찌하오리까'

술탄-차르-황제…스트롱맨 시대

여전히 "문송합니다"

수입맥주 4캔 '만원의 행복'

"상철아" "어머니"

뚱뚱한게 죕니까?

고 노회찬 영결식 '국회가 울었다'

보수에 등돌린 5060

88만원 세대? 이젠 77만원 세대

개신교도 미투

'꼿꼿 장수' 장수 김관진의 몰락

'설'만 설설

'진격의 거인' 롯데

'혼밥', '혼술'이라는 말이 유행입니다. 기러기 아빠와 싱글족, 나홀로 취업준비생 등 1인 가구가 늘어나며 생긴 사회현상을 압축한 용어로 쓰고 있습니다. 혼자도 외로운데 혼밥, 혼술처럼 단어도 줄이니 왠지 더 쓸쓸해 보입니다. 아직까지는 국립국어원에 등재되지 않은 단어이지만 조만간 이름을 올릴지도 모르겠습니다.

혼밥이란 단어를 누가 처음 썼는지 알 수 없지만, 편집자 입장에서 보면 제목의 센스가 돋보입니다. 감각이 뛰어납니다. 이 단어가 널리 퍼지게 된 이유는 뭘까요? 세태를 반영하면서도 단어가 입에 착 달라붙고, 한 번 듣고도 머리에 팍 꽂히는 끌림이 있습니다. 올해의 한글상이 있으면 수상 0순위가 아닐까요. 이와 달리 처음에는 무슨 말인지 알쏭달쏭한데 자주 쓰면서 통용되는 말도 있습니다. '닥공'이란 말입니다. '닥치고 공격'을 줄인 말인데, 프로축구 최강희 감독의 축구 스타일에 붙은 애칭입니다. 처음엔 무슨 말인지 알 수 없었는데 자주 접하다 보니 익숙해졌습니다. 사례로 든 단어들의 공통점이 있습니다. 혼밥, 혼술, 닥공. 단어가 짧습니다.

휴대전화를 쓰면서 단어를 압축하는 다양한 표현이 등장했습니다. '헉', '헐'처럼 한 글자로 감정을 표현하는가 하면, 단어 앞에 '핵~', '개~'를 붙여 감정을 극대화하기도 합니다. 문자도 귀찮아 '^^', 'ㅜㅜ', 'ㅠㅠ'처럼 낱글자를 조합해서 이미지화하거나, 이모티콘만 쓰는 경우도 많습니다. 처음엔 젊은 세대를 중심으로 쓰이더니 점차 모든 연령대로 번져 이제는 문자 뒤에 이걸 붙이지 않으면 허전합니다. 시간을 거슬러 올라가, 전화기가 드물던 60년대에는 우체국에서 전보를 치려면 글자 수가 곧 돈이었습니다. 글자 수로 돈을 받기 때문에 압축은 불가피했습니다. 예를 들어 아버지가 돌아가셨으면 '父卒'이라고 써서 보냅니다. 우리 말로 최대한 줄여도 '아버지사망'인데, 한자로 쓰니 두 자로 해결됩니다.

쓰는 글자를 압축하면 하고 싶은 말을 많이 할 수 있는 장점이 있습니다. 하지만 너무 줄이다 보면 무슨 말인지 의미 전달이 안 될 때가 있습니다. 앞서 든 사례에서 '父卒'을 '卒'로만 쓰는 격입니다. 누가 돌아가셨는지 모르니 애만 태웁니다.

은어처럼 끼리끼리만 아는 단어는 범용성이 없습니다. 그런 단어는 제목에 쓰기 어렵습니다. 대중성을 지녀야 하는 언론의 속성 때문입니다. 요즘 텔레비전 예능 프로그램을 보면 젊은 세대가 쓰는 은어를 자막으로 내보내는 경우가 많습니다. 무슨 말인지 알 수 없는 생소한 단어들입니다. 경계를 넘었다는 생각이 듭니다. 뱉는 말이 다 말이 아니듯 쓰는 글도 다 글이 아닙니다. 방송은 개인의 일기장이 아닙니다. 일부 계층과 세대만 사용하는 단어를 쓰면 그 단어를 알지 못하는 사람들은 소외됩니다. 특히 언론이라면 더욱 조심해야 합니다. 불가피한 경우를 빼고 신문에서 은어를 쓰지 않는 이유이기도 합니다. 짧다는 이유만으로 은어를 멋대로 써서는 곤란합니다.

다음 제목은 상황을 압축적으로 잘 표현하고 있습니다.

• 육아휴직? 육아해직!

임팩트가 강합니다. 대구도 좋습니다. 이런 제목을 알고 있으면 얼마든지 변주할 수 있습니다. 취업했는데 회사가 문을 닫는 바람에 해직된 안타까운 사연을 접했다면 '취직? 해직!'이란 제목을 붙일 수 있을 겁니다. 비슷한 대구로 '소니, 우니'라는 제목도 있습니다. 전자업체 소니가 힘들다는 기사였는데, 라임을 맞추고 한 글자만 바꿔 맛깔스런 제목을 뽑았습니다. 제목이 짧으면 기억에 오래 남습니다. 라임까지 맞으면 금상첨화. 좋은 제목을 뽑기 위해선 짧게 뽑는 훈련을 해야 합니다. 짧으면서도 임팩트 있고, 쉽게 이해되는 제목을 뽑는 게 그리 쉽지는 않지만. 언젠가 비슷한 상황이 올 때 한번 써먹어야겠다는 생각으로 메모

하는 습관을 들이면 좋습니다. 신문에서 좋은 제목이 눈에 띄면 따로 단어장을 만들어 정리해보세요. 오래 쌓이면 개인 제목 파일이 됩니다. 편집자라면 이런 과정을 거쳐 노하우를 쌓아가야 합니다.

취재기자들이 가장 어려워하는 부분도 제목을 짧게 뽑는 일입니다. 짧게 뽑자니 이해되지 않고, 자세히 설명하자니 제목이 길어집니다. 도대체 이 모순을 어떻게 해결해야 할까요?

먼저, 핵심 키워드를 뽑습니다. 제목에서 빠져서는 안 되는 단어입니다. 기사의 주제나 핵심을 담는 말입니다. 핵심을 놓치면 제목이 엉뚱한 산으로 갑니다. 나머지는 핵심 키워드를 어떻게 요리하느냐입니다.

다음으로, 키워드를 잡았으면 키워드를 넣고 하고 싶은 말을 써보는 겁니다. 문장형으로 써도 무방합니다. '육아휴직? 육아해직!'이라는 제목이 나오기까지의 과정을 짐작해볼까요? 처음에는 이런 식일 겁니다. '회사에 육아휴직을 신청하려고 하는데, 눈치가 보여서 휴직 대신 사표를 써야 할 상황입니다'. 키워드는 당연히 '육아휴직'일 테고, 사표가 두 번째 키워드입니다. 그다음에는 풀어쓴 문장을 압축합니다. 압축할 때 제일 중요한 점은, 빼도 기사를 이해하는 데 지장이 없을 때까지 줄이는 것입니다. 뿌리만 남을 때까지 가지치기를 합니다. 그럼 이런 제목이 나오지 않을까요? '육아휴직이 곧 사표'. 여기서 사표라는 단어의 뉘앙스가 부자연스럽습니다. 사표는 노동자가 직접 사직서를 내는 행위에 초점을 맞춘 단어입니다. 내가 쓰고 싶어서 쓰는 사표도 아닌데, 사표라는 단어를 쓰자니 기사의 의미가 왜곡됩니다. 사표 대신 '해고', '해직'이란 단어로 대체합니다. 그럼 '육아휴직이 곧 해직'으로 압축할 수 있습니다. 이렇게만 해도 짧으면서 좋은 제목입니다. 여기서 한 발 더 나아갑니다. '휴직과 해직'이 라임이 잘 맞아 맛깔스런 제목을 만들어보고 싶습니다. 그렇게 해야 간결하면서 라임까지 맞춘 제목이 나옵니다.

마지막으로, 짧게 단 제목이 기사를 이해하는 데 오해가 없는지 살핍니다. 보통 제목을 압축하다 보면 다른 의미로 읽히는 경우가 있습니다. 하나의 의미만 생각하고 제목을 붙였는데, 다른 사람이 보기엔 다른 의미로 해석되는 것입니다. 기사에 매몰된 나머지 전혀 다른 뜻으로 읽힐 수 있다는 점을 미처 생각하지 못할 때입니다. 결과적으로 불완전한 제목이 됩니다. 글도 초고를 완성한 뒤에 덮어놓고 묵히는 시간을 갖습니다. 제목도 비슷합니다. 제목을 단 뒤에 바람 한번 쐬고 와서 다시 읽어보면 허점이 보입니다. 제목 뽑는 시간이 늘 빠듯한 상황에서 쉽지 않습니다. 진통이

지요. 한번에 딱 좋은 제목이 떠오르면 무슨 고민이 있겠습니까. 대개 그렇지 않기 때문에 머리를 싸매고 글과 씨름합니다. 이렇게 한차례 스스로 퇴고의 시간을 가진 뒤 제목을 다시 보고 손질할 부분이 보이면 바꿔줍니다.

* * *

몇 가지 팁을 드렸지만 참 어렵습니다. 저도 매일 기사를 읽고 제목을 달며 좌절합니다. 더 나은 제목이 있을 것 같은데, 시간 때문에 더 이상 고민하지 못하고 넘어가는 일이 가끔 있습니다. 인터넷뉴스 시대가 되면서 진득하니 오래 붙잡고 기사를 볼 수 없는 물리적 환경도 있습니다. 기사는 쏟아지는데 기사 하나 붙잡고 10분, 20분 있을 수 없습니다. 독자들이 기다려주지도 않습니다. "뭐 하고 있어?" 하는 데스크의 목소리가 뒤통수를 때립니다. 매일 전쟁 치르듯 기사를 접하다 보면 정신없이 제목을 다는 일이 많습니다. 가끔 내가 기계인가 싶어 자괴감이 듭니다.

디지털에서 제목의 중요성은 갈수록 커집니다. 많은 언론사가 비슷한 기사에 제목을 달아 포털로 내보냅니다. 부족한 시간에 얼마나 독자들의 입맛에 맞는 제목을 달았느냐에 따라 클릭 수가 결정됩니다. 디지털 독자들은 화면의 제목만 보고 기사를 읽을지 말지 선택합니다. 제목이 구미에 당겨야 클릭하고, 밍밍하면 그냥 지나칩니다. 오로지 제목만으로 디지털 독자를 사로잡아야 합니다. 짧으면서 맛깔스런 제목으로 승부해야 합니다. 정확하면서도 고급스런 제목 달기에 대한 교육이 필요합니다. 그것도 디지털에 맞는.

입에 착 감기는 입말

"집도 없는데…결혼·출산 포기했어요"

52시간 첫 월급날…"여보, 애들 학원비 어쩌지"

'사우나' 사무실

생맥주에 담긴 '生여론'

AI오리 발병경로 '오리무중'

즉석밥 시장 '뜨끈뜨끈'

"느그가 프로가?" 연봉 총액 1위 롯데의 '충격 3연패'

악재에…악소리 나는 현대차

'반갑다 명태야'

다스는 누구겁니까

우승, 가즈아~

비트코인, '빛코인'이냐 '빚코인'이냐

'고딩' 아닌 '공딩'…노량진으로 몰리는 10대

입말은 문장에서만 쓰는 특별한 말이 아닌 일상적인 대화에서 쓰는 말입니다. 말은 글보다 편합니다. 격식을 갖추지 않는 데서 오는 편안함이 있습니다. 아이에게 말은 생존을 위한 필수불가결한 요소입니다. 동물적인 본능에 가깝습니다. 말문이 트인 다음에야 아이들은 글을 배웁니다. 말보다 어렵습니다. 맞춤법도 있고 띄어쓰기도 있고 배워야 할 내용이 많습니다. 초등학교 아이들은 대부분 받아쓰기 시험을 어려워합니다. 알아야 할 낱말과 문법이 많기 때문입니다. 음절은 똑같아도 닿소리와 홀소리 조합이 다르고 시제, 높임말, 띄어쓰기까지 익혀야 하니 외우지 않고는 도리가 없습니다. 한글맞춤법 용례를 모두 정확히 아는 사람은 많지 않습니다. 글은 말보다 더 많은 시간 동안 훈련이 필요합니다. 모든 언어 학습이 그렇습니다.

입말이 많은 문학 장르는 소설입니다. 작가의 주제 의식이 등장인물의 대화를 통해 전달됩니다. 기승전결로 이어지는 플롯을 따라가며 독자도 함께 호흡합니다. 반면 시는 소설보다 이해하기가 어렵습니다. 시어가 함축하고 있는 의미가 무엇인지 오래 들여다보고 깊게 생각해야 합니다. 은유와 상징이 많아 독자마다 해석이 다릅니다. 제목만 놓고 보면, 시가 박스형이고 소설이 스트레이트형입니다. 물론 스트레이트형과 박스형 제목의 쓰임새가 명확하게 구분되지는 않습니다. 스트레이트형에 박스형 제목이 쓰이기도 합니다.

왜 제목에 입말을 쓰면 좋을까요? 제목에서 입말은 어떤 기능을 할까요?

- 편의점 1000원짜리 커피전쟁
- 별다방 벌벌 떨게 할 편의점 커피 어디 없소

이런 제목이 있습니다. 편의점 취재를 통해 커피를 내리는 방법과 맛 비교를 통해 어떤 차이점이 있고, 편의점 커피가 커피 전문점 수요를 대체할 수 있는지를 보여주는 기사의 제목입니다. 앞 제목은 전형적인 스트레이트형, 뒤 제목은 입말입니다. 어느 쪽이 맞고 틀리다고 할 문제가 아닙니다. 명쾌하게 기사의 핵심을 짚어줄 것인지, 궁금증을 일으키게 할 것인지의 차이입니다. 두 제목을 보면 확실히 입말이 호기심을 자극합니다.

이야기가 있는 스토리 기사에도 입말 제목을 쓰면 좋습니다. 장기 미제 살인 사건을 다룬 기사가 있습니다. 오랜 시간 미스터리로 남은 사건이 어떤 계기로 밝혀졌는지를 사례별로 모은 기사입니다. 그 기사의 제목은 이렇습니다.

- 사건 발생 10여년…그들은 어떻게 살인범을 잡았나

궁금증을 일으키게 합니다. '사건 발생 10여년' 대신에 '장기 미제 10여년' 키워드를 넣으면 더 완결성이 있었을 텐데 조금 아쉽습니다. 입말을 살리면서도 결정적 단서를 넣어 '장기 미제 살인범, ○○○로 잡았다'로 해도 좋았을 것입니다. 이처럼 스토리가 풍부한 기사일수록 입말로 제목을 표현하면 읽고 싶은 욕구를 자극합니다.

인물을 다루는 기사 제목에도 입말을 많이 씁니다. 인물의 특징을 가장 잘 드러내는 인상적인 부분을 주로 뽑습니다. 수영 스타 펠프스가 은퇴한 뒤 수영복 사업가로 변신했다는 기사인데 제목이 이렇습니다.

• 수영스타 펠프스, 이젠 수영복 사업가

왜 '펠프스, 수영복 사업가 변신'이라고 쓰지 않았을까요. 어찌 보면 변신이란 단어가 더 직접적이고 의미를 잘 전달하는데 말이죠. 입말을 쓰는 기준이 따로 있지는 않습니다. 입말이 정답이라고 말하기도 어렵습니다. 명사로 쓰지 않아도 충분히 의미 전달이 가능하다면 재미있는 입말로 바꿔도 무방합니다. 입말이 어려운 것 같지만 사실 명사를 형용사나 부사로 살짝만 바꿔도 느낌이 달라집니다. '쌀값 하락하는데…'와 '쌀값 떨어지는데…'는 같은 말입니다. 단지 '하락'이란 명사를 '떨어지다'는 동사로 바꿨을 뿐인데, 입말의 느낌이 강합니다. 습관적으로 쓰는 단어의 틀을 깨야 제목이 달라 보입니다. 고정관념을 깨야 창의적인 제목이 나옵니다. 인물 기사나 인터뷰 제목은 특히 입말을 써야 잘 전달됩니다.

입말은 독자 친화적입니다. 제목의 역할 중 하나는 공급자가 아닌 수요자인 독자 편에 서서 이해하기 쉽도록 돕는 것입니다. 입말은 독자가 제목을 읽었을 때 기사와의 거리감을 좁힙니다. 보통 관공서나 기업의 보도자료는 공급자 입장에서 씁니다. 홍보하고 싶은 내용을 간추려 브리핑합니다. 격식을 갖춰서 문어체로 핵심적인 내용만 씁니다. 일종의 자기 자랑인 셈입니다. 보도자료 내용을 그대로 갖다 쓰면 기사가 아닙니다. 정부 대변지나 기업 홍보지죠. 공급자 입장에서 쓴 보도자료를 독자의 시선으로 옮기는 작업이 기사입니다. 편집자는 거기서 한 발 더 가까이 독자 편에 섭니다. 서울시교육청이 저소득층 학생들에게 수학여행비를 지원한다는 기사가 있습니다. 고민 없이 제목을 단다면 '서울시교육청, 저소득층 학생에 수학여행비 지원'입니다. 교육청 기사가 됩니다. 수요자 입장으로 한번 비틀어봅시다. '돈 없어 수학여행 못 가는 서울 학생 없어진다'. 어떻습니까, 느낌이 사뭇 다르죠? 교육청 기사가 아닌 수학여행을 못 가는 학생 입장으로 백팔십도 바뀝니다. 입말로 풀어쓰니 더 다가옵니다. 공급자가 아닌 수혜자 편에 서면 단신 기사도 톱기사가 될 수 있습니다. 취재기자가 기사 맨 앞을 이렇게 쓰면 더할 나위 없이 좋습니다. 입장 바꿔 생각하면 훨씬 좋은 기사와 제목이 나올 수 있습니다.

입말 제목을 쓸 때 주의할 점이 있습니다. 승패를 다루는 스포츠 경기 기사에서 감정을 지나치게 드러내는 제목입니다. 특히 패한 쪽을 자극하는 제목은 경계해야 합니다. 승리한 쪽을 드러내면 아무런 문제가 없지만 패한 쪽은 감정이 격해 있습니다. '넌 상대가 안 돼', '어딜 넘봐' 하는 식입니다. 잘하는 쪽은 부각하되 못하는 쪽은 배려해야 합니다. 올림픽 경기를 하면 민족 감정이 극에 달합니다. 객관성을 잃고 모두 애국자가 됩니다. 합리적인 판단보다 감정에 호소하는 제목이 많습니다. 대부분의 언론이 올림픽 때는 한 팀입니다. 경기에서 안타깝게 패했을 때는 제목도 도를 넘어섭니다. 안타까울 때 입말만큼 감정을 자극하는 제목도 없습니다. 애국자가 되어도 지나치게 자극하는 제목은 피해야 합니다. 객관적 입장에서 냉철하게 제목을 다는 지혜가 필요합니다.

입말을 써도 제목의 기본을 망각해선 곤란합니다. 기사 전체를 관통하는 핵심이 아닌 곁가지가 눈길을 끈다고 머리와 꼬리를 바꾸면 곤란합니다. 무슨 기사인지 알 수 있어야 합니다. 키워드를 직접 쓰지 않더라도 연상이 되어야 합니다. 제목만 봐서는 무슨 기사인지 알 수 없을 때가 있습니다. 인터넷뉴스 제목은 한 줄로 독자의 주목을 끌어야 하는데, 애매모호한 제목으론 시선을 잡을 수 없습니다. 입말도 분명해야 합니다.

롯데마트가 '반값 즉석밥'을 내놓고 즉석밥 시장에 뛰어들었다. 롯데마트는 이천·김포 농협 등과 즉석밥 제조업체인 한국바이오 플랜트와 손잡고 자체 개발한 즉석밥 4종을 17일 출시한다고 밝혔다. 대표제품인 '햇쌀 한공기 즉석밥'이 210g들이 1개당 가격이 600원으로 씨제이(CJ)제일제당 '햇반'(롯데마트 온라인몰 기준 1 개당 1269원)의 절반 가격이다. '이천쌀 즉석밥', '고시히카리 즉석밥' 등 쌀 산지를 표기한 프리미엄 제품군도 1개당 1200원대로 내놨다. 지난해 기준 국내 즉석밥 시장 점유율은 씨제이제일제당이 64.4%로 1위다. 오뚜기가 23.5%로 뒤를 이었다.

롯데마트는 싼값으로 즉석밥을 판매할 수 있는 이유로 원재료를 싸게 구매할 수 있다는 점과 자체 브랜드 상품(PB)으로 마케팅 비용을 절감했다는 점을 꼽았다. 롯데마트 관계자는 "마트에서 이미 쌀을 팔고 있기 때문에 통합 대량 구매로 원료값을 낮췄다. 또 다른 업체의 경우 마케팅 비용이 가격에 포함될 수밖에 없는데 롯데마트는 자체 유통망에서만 판매하기 때문에 그 비용도 절감했다"고 설명했다. 〈한겨레, 2014.4.15〉

라임 맞춰, 리듬 맞춰

멜로가 별로다

아이폰, 아이고

혼저옵서예? 그만옵서예!

최악폭염이 만든 최강태풍 '솔릭'

'대프리카' 뛰어넘은 '서프리카'…서울 38도 신기록

태풍 밀어내는 폭염…폭염 밀어내는 태풍

아시아나 탔다가…푸껫까지 '헝그리 앵그리'

지갑 '못 여는' 2030, 지갑 '안 여는' 6070

'구글 맵'에 밀린 '애플 맵'

저녁 '있는' 삶은커녕, 저녁 '굶는' 삶이 됐다

신생아는 안 울고, 산부인과가 운다

'남고'는 없는데 왜 '여고'만 있을까

그린벨트 '금단의 땅'인가 '금맥의 땅'인가

음계처럼 말에도 높낮이와 강약이 있습니다. 베토벤의 「운명」을 들으면 절정으로 갈수록 높은 음계와 빠른 템포가 심장을 쿵쿵 때립니다. 낮은 음과 높은 음, 느리고 빠른 템포를 넘나들며 팽팽한 긴장감을 줍니다. 음악은 조화입니다. 여러 음이 잘 어울렸을 때 듣기 좋은 음악이 됩니다. 말도 마찬가지입니다. 훌륭한 연설가는 강약을 잘 조절합니다. 차분히 말하다가 강조할 대목에서 짧고 굵게 힘을 줍니다. 그래야 메시지가 명확하게 전달됩니다. 마틴 루터 킹 목사의 연설 「I Have a Dream」이 그렇습니다.

나에게는 꿈이 있습니다. 언젠가 이 나라가 일어나 다음과 같은 신조의 참뜻을 실현할 것이라는 꿈이 있습니다. 모든 인간이 평등하게 창조되었다는 것을 우리는 자명한 진리로 여긴다는 신조 말입니다. 나에게는 꿈이 있습니다. 언젠가 조지아의 붉은 언덕 위에, 노예의 후손들과 노예 주인의 후손들이 형제애의 식탁 앞에 함께 앉을 수 있으리라는 꿈이 있습니다. 나에게는 꿈이 있습니다. 언젠가 미시시피 주가, 불의와 압제의 열기로 뜨거운 그 사막 같은 주가 자유와 정의의 오아시스로 변화될 것이라는 꿈이 있습니다. 나에게는 꿈이 있습니다. 언젠가는 나의 네 아이들이, 그들의 피부색이 아니라 그들의 인격에 의해 평가받는 그런 나라에서 살게 될 것이라는 꿈이 있습니다.

1963년 흑인 차별에 저항해 워싱턴 DC의 링컨 기념관 앞에서 한 연설의 일부입니다. 킹 목사는 연설이 절정으로 치달을 때 '나에게는 꿈이 있습니다'를 반복하며 흑백 차별 없는 세상을 염원합니다. 킹 목사의 연설을 장황하게 소개한 이유는 리듬을 설명하기 위해서입니다. 같은 문장이 반복되는데도 지루하지 않은 것은 리듬 때문입니다. 킹 목사의 연설처럼 뉴스 제목도 리듬과 강약이 있어야 합니다.

중요한 키워드는 '강'이고 받쳐주는 말들은 '중'이나 '약'입니다. 청약 시장이 급속히 냉각되고 있다는 기사에 달린 제목입니다.

• 동탄까지 청약미달, 서울 청약률은 반토막…청약시장 꽁꽁

이 제목에서 '중'은 '동탄까지 청약미달', '서울 청약률은 반토막'입니다. '강'이 '청약시장 꽁꽁'입니다. 얼어붙은 청약 시장을 단적으로 보여주는 말은 '꽁꽁'입니다. 이 제목은 '중-중-강'으로 이뤄졌는데, '동탄까지 청약미달…청약 시장 꽁꽁' 이렇게 '중-강'으로 줄여도 됩니다. '강-약-중

강-약'처럼 리듬을 주면 마치 산의 능선을 오르내리듯 지루하지 않습니다. 물론 '강-강'으로 갈 때도 있습니다. 대형 이슈가 터졌을 때는 '강-강'입니다. '김정은 이복형 김정남 독살당했다'처럼 메가톤급 파장을 몰고 올 기사의 1보는 무조건 '강'으로 가야 임팩트가 있습니다. 대개의 경우는 강, 중, 약을 적절히 배분합니다.

라임이 잘 어울릴 때 제목은 음악 같습니다. 라임은 시에서 두운, 요운, 각운 같은 음위율입니다. 김소월의 「산유화」를 한번 감상하시죠.

산에는 꽃 피네

꽃이 피네

갈 봄 여름 없이

꽃이 피네.

산에

산에

피는 꽃은

저만치 혼자서 피어 있네.

산에서 우는 작은 새여

꽃이 좋아

산에서

사노라네.

산에는 꽃 지네

꽃이 지네

갈 봄 여름 없이

꽃이 지네.

이 시에서 두운은 '산'과 '꽃', 각운은 '(피/지)네'입니다. 동일한 단어나 끝말이 반복되면서 마치 음악처럼 리듬감이 충만해집니다. 신문 제목에서도 시의 압운을 활용한 사례를 엿볼 수 있습니다. 앞에서 예로 든 '육아휴직? 육아해직!', '소니, 우니?'는 두운과 각운을 맞춘 제목입니다.

리듬 있는 제목은 붕어빵 같은 형식의 제목 가운데서 두각을 나타냅니다. 리듬 있는 제목은 사막 같은 지면에 오아시스입니다. 평범한 일상에서 꿈꾸는 일탈입니다. 리듬은 잔잔한 호수에 던진 돌멩이입니다. 똑같은 반찬을 삼시 세끼 먹는다고 생각해보세요. 금세 질리겠죠? 그때 라면도 먹고, 자장면도 먹습니다. 단조로움을 탈피해 변화를 주는 것입니다. 제목도 마찬가집니다. 묵직하게 달아야 하는 제목도 있지만, 재미를 주는 제목도 있어야 합니다. 리듬 있는 제목은 톡톡 튀는 사이다와 같습니다.

어떤 제목을 뽑느냐에 따라 프로 작곡가가 될 수도 있고, 아마추어 작곡가가 될 수도 있습니다. 편집자가 베토벤처럼 천재성을 가졌다면 고민할 필요가 없겠죠. 하지만 감각적인 편집자는 있어도 천재적인 편집자는 많지 않습니다. 특종 기자는 있어도 천재 기자는 없는 것과 같습니다. 노력에 달려 있습니다.

리듬 있는 제목, 어디서 시작해야 할까요?

시 읽기를 추천합니다. 압축의 결정판인 시에는 음악성이 내재되어 있습니다. 시가 곧 음악입니다. 시는 제목 뽑는 아이디어 창고입니다. 입력한 양이 많을수록 출력할 양 또한 많아집니다. 시집은 감성을 키우는 좋은 스승입니다. 시어가 갖는 압축과 은유는 제목과 비슷합니다. 영역은 다르지만, 시어를 뽑는 시인과 제목을 뽑는 편집자는 흡사합니다.

부사를 많이 쓰면 리듬감을 살릴 수 있습니다. 우리말에는 다양한 부사가 있습니다. 특히 반복되는 말이 많습니다. 두근두근, 아슬아슬, 토닥토닥……. 부사는 느낌을 전달하기에 효과적입니다. 사람의 감정을 전달할 때 부사를 적절히 활용하면 멋진 제목이 나옵니다. 평소 자주 사용하지 않는 말은 쉽게 떠오르지 않습니다. 어휘가 부족하다고 생각되면 국어사전을 가까이 두는 게 좋습니다. 과거에 편집자들의 책상에는 국어사전이 한 권씩 놓여 있었습니다. 지금이야 인터넷에서 검색하면 되지만 10여 년 전만 해도 사전을 즐겨 봤습니다. 관용구나 속담 등 자주 쓰는 말을 따로 정리해두면 요긴하게 쓸 수 있습니다.

대구나 대조적인 말을 쓰면 효과적입니다. 대구나 대조는 말 자체가 라임을 지니고 있습니다. 다음은 편집상 수상작들인데, 대구와 대조를 이루는 제목들입니다.

• 행복했어요…우리도 두리도

• 밥과 법 사이

• 은마 웃던 날 백마는 울었다

어떤 기사가 상반된 반응을 다루는 기사라면 제목도 운율을 맞춰 대조를 이루면 금상첨화입니다. 부동산 값이 지역에 따라 희비가 엇갈렸다는 내용이 '은마 웃던 날 백마는 울었다'입니다. 은마는 강남의 은마아파트를, 백마는 일산의 백마아파트를 말합니다. 아파트를 넣었으면 맛이 확 떨어졌을 텐데, '은마'와 '백마', '웃다'와 '울다'로 각운과 대조만 써서 궁금증을 일으키며 맛깔나게 변신했습니다. 감각적인 제목입니다.

리듬 있는 제목은 윤활유입니다. 건조한 대지를 부드럽게 적시는 촉촉한 비와 같습니다. 비가 너무 많이 오면 홍수가 납니다. 꼭 필요할 때 내리는 비처럼 때와 장소를 가려야 합니다. 맞춤옷처럼 몸에 딱 맞았을 때 멋집니다. 리듬 있는 제목도 기사와 잘 어울려 한 몸처럼 보일 때 가장 아름답습니다.

* * *

제목을 잘 뽑는 편집자는 노력의 대가들입니다. 부지런합니다. 기본기를 착실히 다지고, 어떻게 응용할까 늘 고민합니다. 달리기와 비슷합니다. 100미터 달리기를 건너뛰고 마라톤부터 시작하는 선수는 많지 않습니다. 100미터 달리기에서 기량을 보여야 중거리를 달리고, 그다음에 마라톤을 하는 것이 정도입니다. 호흡은 어떻게 하는지, 발높이와 보폭은 어떻게 유지하는지 기본기를 제대로 익혀야 먼 거리를 달려도 무리가 없습니다. 천 리 길도 한 걸음부터입니다. 달리기처럼 배움에도 순서가 있습니다. 개념을 숙지하고 수많은 문제를 풀어봐야 어려운 문제를 접할때 긴장하지 않고 풀 수 있습니다. 평소에 자료를 많이 축적해놓은 기자가 좋은 제목을 뽑을 확률이 높습니다.

재미는 감초

털어 넣었다가 다 털렸다

'용수철' 집값…1년만에 다시 급등

호캉스 비켜, 이제는 레캉스다

8월의 납량특집…'누진제 폭탄'이 폭염보다 무섭네

주 52시간제 한 달…'판교의 오징어배' 불은 몇 시에 꺼질까요?

미·중 무역전쟁, 지금까진 중국이 코피 터진 게임

삼성 스마트폰, 첩첩산'中'

빵집 매출 '빵빵'하네요

'서울 최고령 동네' 을지로의 회춘

폭식조장 '먹방' 제한…'날씬한 대한민국' 팔걷은 정부

커피 너무 즐기면 참을 수 없이 '마려워'집니다

고래 뱉어낸 새우…호반건설 '대우건설 인수 포기'

한 끼에 144만원…바가지 씌운 '베니스의 상인'

"어이가 없네." 함께 일하는 동료에게 이 말을 해보십시오. 반응이 갈릴 겁니다. 누구는 심각한 표정을 지을 테고, 누구는 웃어넘길 겁니다. 만약 웃어넘겼다면 배우 유아인 때문입니다. 영화 「베테랑」에서 진짜 어이가 없다는 표정으로 이 말을 뱉는 장면이 떠올라서죠.

언어는 시대를 반영합니다. 같은 말도 시간과 장소, 상황에 따라 다른 의미로 해석됩니다. '뭣이 중헌디'라는 대사 아시죠? 영화 「곡성」에서 어린 소녀가 빙의되어 내뱉은 말입니다. 영화 속 명대사는 흥행과 함께 사람들의 입에 오르내리며 인기를 누립니다. 금세 유행어가 됩니다. 유행어는 재미를 줍니다. 웃음은 지친 삶에 윤활유이고, 무미건조한 기사에 청량제입니다. 숨 돌릴 틈 없이 기사를 읽는 도중에 만나는 재미있는 제목은 시원한 바람입니다.

재미있는 제목은 문화나 스포츠 기사에 주로 쓰지만, 정치나 사회 기사에 썼을 때 더 큰 효과가 있습니다. 유행어 제목을 평소에 많이 쓰는 연성 기사와 달리, 전혀 뜻밖의 반전 효과라고 할까요. '뭣이 중헌디'를 포털에서 검색해봤습니다. 뉴스 카테고리에 뜬 제목들입니다.

- 뭣이 중헌디? 밥도 나눠 먹어야 더 맛나제
- 채널이 뭣이 중헌디! 작품이 중허제

· 조선3사 비장한 시무식…"생존 말고 뭣이 더 중헌디"

· 온실가스 감축 말고 뭣이 중헌디

영화 대사에 빗댄 제목들입니다. 가볍게 읽을 기사부터 묵직한 기사까지. 기사를 읽어볼까 하는 강한 끌림이 있습니다. '뭣이 중헌디'라는 말이 없다면 얼마나 무미건조한 제목이 되었을까요.

책 제목의 성공 사례는 무라카미 하루키의 소설『상실의 시대』입니다. 원제는 '노르웨이의 숲'입니다. 1989년 번역된 이 책은 당시 젊은이들의 베스트셀러였습니다. 숨 막히는 시대 상황과 책 제목이 묘하게 어울리며 불티나게 팔렸습니다. 하루키도 이 작품으로 한국에 이름을 알리기 시작했습니다. 이런 생각을 해봤습니다. 책 제목이 원제대로 '노르웨이의 숲'이었다면 그렇게 선풍적 인기를 끌었을까. 저는 출판사의 마케팅 전략이 통했다고 봅니다. 시대 상황을 압축하듯 뽑은 '상실의 시대'는 최고의 카피였습니다.

『도넛을 구멍만 남기고 먹는 방법』이라는 책이 있습니다. 뭔가 이상한 점을 찾으셨나요? 도넛을 구멍만 남기고 먹을 수 있을까요? 모순이죠. 불가능한데 내가 모르는 방법이 혹시? 무슨 말을 하려는 거지? 그냥 지나치지 못하고 한번 생각하게 합니다. 제목이 정답을 알려주면 독자들은 더 이상 기대할 것이 없습니다. 제목만 보고 훅 지나갑니다. 그 속에 독자들을 끌어당길 만한 요소가 하나는 있어야 합니다. 호기심과 재미는 강력한 유혹입니다.

재미있는 제목이 효과를 발휘하려면 생뚱맞아서는 안 됩니다. 뉴스 팩트와 제목이 잘 어울려야 합니다. 잘못하면 트래픽을 올리려는 어뷰징이 됩니다. 내용을 담되 재치 있게 유행어를 결합해야 맛깔납니다. 감각이 필요합니다. 감각이 좋은 편집자는 호기심이 넘칩니다. 욕심이 많습니다. 새 영화가 나오면 제일 먼저 보려고 합니다. 제목부터 대사까지 신문 제목으로 쓸 만한 재료가 없는지 촉수를 세웁니다. 새 책이 나와도 마찬가집니다. 베스트셀러 제목은 뭔지, 요즘 트렌드는 뭔지 서점을 배회합니다. 사람들의 마음을 움직이는 힘이 무엇인지 알기 위해서입니다. 제목도 결국엔 독자들과의 호흡입니다.

우리는 달달한 음식을 먹으면 기분이 좋아집니다. 세로토닌이라는 성분 때문인데, 마음을 편안하게 해주고 불안과 우울을 해소해주는 효능이 있습니다. TV 개그 프로그램을 보며 실컷 웃을 때 우울한 기분에서 벗어날 수 있는 것도 달달한 음식을 먹는 것과 같습니다. 웃음이 치료제 역할을 합니다.

뉴스 다루는 일을 하다 보면 웃을 일이 별로 없습니다.

좋은 소식보다 사건 사고를 더 다루니 늘 인상을 찌푸립니다. 신문 1면부터 맨 뒷면까지 사건 사고 기사만 있다고 생각해보십시오. 너무 끔찍하지 않습니까. 숨이 막혀 아마 읽고 싶은 마음이 사라질 겁니다. 인터넷뉴스도 마찬가지입니다. 모든 기사가 권력형 비리를 파헤치고 사건 사고만 다룬다면 삭막한 사막이 됩니다. 그래서 홈페이지 상단의 카테고리에 여행, 웹툰, 스포츠, 건축 등 다양한 주제의 방을 만들어놓습니다. 빽빽한 텍스트만 있는 공간에 여백을 주는 것이죠. 여백은 여유입니다. 우리가 동양화를 보고 마음의 평안을 찾는 것은 그 때문입니다. 뉴스도 삶의 일부분입니다. 우리의 삶처럼 희로애락이 묻어 있습니다. 그걸 모두 담은 그릇이 신문이고 언론사 홈페이지입니다.

재미있는 제목 달기요? 먼저 우리 인생이 즐거워야 합니다. 인생이 고달픈데 재미있는 제목이 나올 수 없습니다. 일단 유행어를 모아서 써보며 억지로라도 웃어보세요. 영화도 좋고, 개그 프로그램도 좋고 얻을 수 있는 모든 곳에서 자료를 모아보세요. 자료 수집의 기본은 관심입니다. 관심도 없는데 억지로 하면 재미도 없고 금방 싫증납니다. 언젠가 한번 이 유행어로 제목을 만들어봐야겠다는 욕심이 있어야 자료 수집이 재미있습니다. 트렌드에 둔감하면 경쟁에서 뒤집니다. 감각을 예리하게 길러 결정적 한 방을 노려야 합니다. 그 한 방을 위해 평소 실력을 갈고닦아야 합니다. 노력 없는 천재는 없습니다.

　유머가 있거나 재치 있는 제목을 유심히 살펴보세요. 어떤 상황에서 재미난 제목을 사용했는지 쓰임새를 잘 관찰하면 공통점이 보입니다. 그리고 자기가 다루는 기사에 유사점이 있으면 제목에 유행어를 써보세요. 생뚱맞지 않다면 좋은 반응을 끌어낼 수 있습니다.

상상력 한 스푼

배터리 수명 가장 긴 폰은…

'불금' 홍대거리를 점령한 것은?

포드의 '아이언맨'…로봇조끼 입고 차 만든다

신사동 치과에서 교정받으려고, 땡볕에 줄서고 노숙하는 까닭

이통3사 요금제 개편 완료…어디가 쌀까

"지구 땅 밑에 1천조톤의 다이아몬드 있다"

신발 도둑으로 일본 시골마을 '발칵'

"중고생도 2시간이면 AI스피커 개발 가능"

로봇이 주방 요리 맡는 식당 문 열었다

스마트폰 무선충전, 이거 궁금했는데

"톡 쐈는데…김 빠졌어유" 600년 초정탄산수 무슨 일

"다-음-역-은 서-울-역-입-니-다"

정부 '아이코스' 검사결과 쉬쉬, 왜?

예술은 상상력의 보고입니다. 감상하는 사람이 100명이면 100명 모두 다르게 해석합니다. 다른 시선은 경험의 차이에서 옵니다. 생각의 차이에서 옵니다. 예술적인 경험은 개인차가 큰 영역 중 하나입니다.

음악을 예로 들어볼까요. 비발디의 「사계」는 봄·여름·가을·겨울의 느낌이 다릅니다. 머릿속에 비슷한 그림이 떠오를 수는 있어도 같은 상상을 하며 감상하는 사람은 없습니다. '봄' 하면 떠오르는 파릇파릇한 초록의 느낌은 비슷할지 몰라도 봄을 느끼는 감성은 개개인이 다릅니다.

미술은 어떤가요. 이우환 화백의 「점으로부터」는 점을 그린 작품입니다. 보고 있으면 편안해집니다. 그냥 마주하고 있으면 마음이 차분해집니다. 점과 여백, 바탕의 종이 색깔이 따뜻한 느낌을 줍니다. 고흐의 「해바라기」는 화사합니다. 노란색이 강렬하면서도 생동감 있고, 해바라기가 눈앞으로 튀어나올 것 같습니다. 우리는 이우환과 고흐가 정확히 어떤 의도로 그렸는지 알 수 없지만, 저마다 그림과 이야기를 나누고 느낌을 주고받습니다. 상상력을 툭 건드리는 작품들입니다.

음악과 미술, 영화와 마찬가지로 제목은 상상력을 자극할 때 맛있습니다. 제목이 톡톡 튈 때 눈길이 갑니다. 평범한 제목은 밋밋합니다. 이런 제목들, 느낌 좀 오나요?

- 뽑기에 바친 1000만원…문학인생 2막을 건져올리다
- 17세기 6000마리였던 호랑이, 목화씨 때문에 절멸했다
- 가정부 카타리나는 왜 기자에게 총을 쐈나

무슨 내용인지 궁금해 기사를 읽어볼 수밖에 없습니다. 뭔가 사연이 있을 것 같은 제목이 눈길을 잡습니다. '인형 뽑기에 1,000만 원을 바친 사람이 있다니……. 도대체 어떤 사람일까? 그런데 문학을 하는 사람이야?' 호기심이 발동합니다. 호랑이 제목은 또 어떤가요. '호랑이가 목화씨 때문에 절멸했다니……. 난 처음 듣는 이야기인데, 진짜 그랬나?' 꼬리에 꼬리를 물고 의문이 커집니다.

문화면 기사 제목은 내용과 크게 어긋나지 않으면 끼를 부릴 공간이 많습니다. 정치나 사회면이 눈에 힘을 잔뜩 주고 봐야 한다면 문화면은 상대적으로 자유롭습니다. 여유에서 오는 여백의 미랄까요. 뭔가 꽉 찬 제목보다는 잠시 쉬어가며 이런저런 생각을 떠올리게 해주는 장점이 있습니다. 기사에 매몰되면 고만고만한 제목이 되고 맙니다. 기사를 넘어서서 '제2의 창작'을 실험해보세요. 과감히 틀을 깨고 신선한 바람을 불어넣어보세요.

문화 기사의 제목과 함께 스포츠 기사의 제목은 멋의 경연장입니다. 길거리에서 누군가가 맞춤옷처럼 몸에 딱 맞

는 옷을 입었을 때 한 번 더 고개가 돌아갑니다. 제목도 비슷합니다. 몸에 잘 어울리는 옷처럼 기사와 사진, 제목이 잘 어우러질 때 저절로 눈길이 갑니다. 폼 나게 꾸미지 않아도 조화로운 구성만으로도 아름답습니다. 특히 시각적으로 가장 강렬한 느낌을 주는 스포츠는 맘껏 재주를 펼치기에 좋은 소재입니다. 방금 잡은 생선처럼 팔딱팔딱한 경기 기사는 읽는 맛도 일품입니다. 승패를 결정지은 긴박한 순간은 마치 무협지에서 검객들이 일합을 겨루듯 흥미진진합니다.

- '기적의 0.9초' 시카고 불스, 1점차 승리
- 장하나 4타차 뒤집기로 '짜릿한 역전극'
- 손흥민 '버저비터' 극장골
- 손아섭, 쿠바전 '쐐기 솔로포'

손에 땀을 쥐게 하는 경기일수록 승패를 결정짓는 긴박한 순간은 제목의 포인트입니다. 제목을 봤을 때 그 장면이 떠오르며 무릎을 탁 치게 만들어야 합니다. 짜릿한 감동의 순간을 제목으로 재연해야 합니다. '기적', '버저비터', '뒤집기' 같은 표현은 너도나도 쓰다 보니 포털에서 차별성이 없습니다. 뭔가 색다른 맛을 주려면 멋을 부려야 합니다.

예를 들면 이런 제목들입니다.

- '축구 미생들' 챔피언스리그서도 일냈다
- '추격자' 메시, 100호골은 호날두보다 먼저
- 챔피언스리그 '전광판도 열 받았다'
- 월드시리즈는 '저주 매치'

뻔한 제목에서 탈피하려는 노력들입니다. 만화 『미생』에서 착안해 아직 꽃피우지 못한 선수를 빗댄 '축구 미생', 영화 「추격자」에서 따온 '추격자', 유럽챔피언스리그 한 경기 최다 골인 8 대 4 스코어를 보여주기 위해 경기 외적 소재를 가져와 쓴 '전광판도 열 받았다', 2016년 월드시리즈를 펼친 시카고 컵스와 클리블랜드 인디언스가 각각 '염소의 저주'와 '와후 추장의 저주'에 걸렸다는 풍문을 빗댄 '저주 매치' 등은 모두 좋은 제목입니다. 상상력을 자극합니다. 스포츠 지면은 편집자의 능력에 따라 죽고 삽니다.

칼럼 제목도 '어, 이게 뭐지?' 해야 읽어보고 싶은 충동을 느낍니다. 칼럼은 필자가 주로 제목을 다는데, 얼마나 감각적으로 표현하는지가 내용 못지않게 중요합니다. 글감이 훌륭하고 내용도 재미있는데 제목이 뒷받침되지 않으면 애써 노력한 수고가 빛을 보지 못합니다. 칼럼 제목의 성패는 상상력 한 스푼이 결정짓습니다. 상상력이 넘치는 칼럼 제목의 귀재는 기생충학자인 서민 교수입니다. 그의 칼럼 제목들입니다.

- 저는 박근혜 대통령입니다
- 범죄자의 품격
- 거짓말왕을 뽑아보자
- 박근혜 측근 분류법
- 대통령님, 기생충에게 배우세요
- 칼럼니스트가 두려워하는 대통령

이들 칼럼 제목의 소재는 대통령입니다. 흔한 글감인데, 내용이 재미있습니다. 그걸 담는 제목도 내용을 잘 압축하면서 톡톡 튑니다. 글을 읽고 있으면 기발한 상상력에 놀랄 때가 많습니다. 칼럼니스트로서 좋은 자질을 지니고 있습니다.

칼럼을 쓰는 기자나 작가에게 물어보면 글의 내용 못지 않게 제목에 상당한 공을 들인다고 합니다. 제목이 갖는 힘 때문입니다. 상상력을 자극한 이런 칼럼 제목들도 있습니다.

- 호떡 굽는 구도자
- 나는 왜 수포자가 되었나
- 부정맥 정부
- 눈엣가시 입엣가시
- 난 몰라 공화국

일반 기사와 달리 칼럼 제목은 상징과 비유, 은유로 포장했을 때 더 읽고 싶은 충동을 느낍니다. 칼을 열 개 품은 칼럼이라도 제목으로 칼을 직접 드러내면 맛이 없습니다. 공감형 제목 뽑기는 칼럼니스트의 능력입니다.

창작을 하는 사람은 상상력이 중요한 밑천입니다. 레오나르도 다 빈치는 호기심이 가득한 사람입니다. 그림, 건축, 발명 등 다양한 분야에서 남겨놓은 유산만 봐도 지치지 않는 열정을 짐작하고도 남습니다. 다 빈치에게 창작의 원동력은 상상이었습니다. 과거에 없던 새로운 것을 갈망한 열정이 위대한 화가이자 건축가이자 발명가로 만들었습니다. 제목에 상상력을 불어넣는 작업 또한 창작 활동입니다.

상상력을 자극하는 제목은 어떻게 뽑으면 좋을까요?

첫 번째는 평범하지 않아야 합니다. 튀어야 삽니다. 기사나 칼럼 내용을 그대로 압축해서는 안 됩니다. '어, 이게 뭐지?' 하고 들여다보게 해야 합니다. 그렇다고 무에서 유를 창조하라는 이야기는 아닙니다. 두 스푼의 설탕이 맛을 확 끌어올리듯, 과하지 않을 정도의 양념을 넣는 겁니다.

두 번째는 많은 사람이 공통적으로 경험하는 지점을 공유해야 합니다. 예를 들어 '나는 왜 수포자가 되었나'라는 칼럼 제목은 많은 수포자(수학 포기자)의 공감을 이끌어냅니다. '나도 그랬는데, 이 사람은 어떻게 수학을 포기하고도 기자가 되었지?' 하는 궁금증이 꼬리를 뭅니다. 경험의 공유가 칼럼을 읽게 만듭니다.

세 번째는 중의적인 표현을 쓰는 겁니다. '물건' 하면 흔히 사물을 가리키지만, 일상에서는 성적 은어로도 씁니다. 심리학자인 김정운 씨가 쓴 책 『남자의 물건』도 중의적인 단어를 빌려 사람들의 발칙한 상상력을 자극한 경우입니다. 이런 표현을 보고 정색하며 달려드는 사람은 많지 않습니다. 이렇듯 단어를 잘 선택해 상상력을 자극하면 좋은 호응을 끌어낼 수 있습니다.

뜻밖의 반전에 깜짝

오너보다 연봉 10억 더 받은 차장

카카오 박성훈, 상반기 57억…삼성전자 권오현 제쳤다

검은 머리 파뿌리 되도록, 혼자 잘살 겁니다

톱·망치·못 가득한 역발상 놀이터

찬란한 마야 문명 멸망으로 이끈 범인은 '가뭄'

더워진 지구, 북극에 숲이 생기고 있다

19세기 서울은 얼음천국이었다…"1인당 70~100kg 소비" 기록

수술 의사가 알고보니 의료기 영업사원

살해된 줄 알았던 '푸틴 저격수' 살아있었다

거실 TV 끼고사는 사람, 2년 뒤엔 10명중 1명뿐

"나한테 장가와라!"…얌전한 신부는 옛말

여기 '법'을 지키겠다는 '불법'이 있습니다

잘 만든 스릴러 영화는 대체로 클라이맥스에서 반전이 일어납니다. 유력한 범죄 용의자가 혐의를 벗고 수사는 원점에서 출발합니다. 관객들은 범인이 누굴까 추측하며 팽팽한 긴장감으로 영화를 뒤쫓습니다. 반전은 전혀 예상치 않았을 때 극적 효과를 더합니다. 반전은 자주 일어나지 않아야 합니다. 반복되면 일상입니다. 시험에서 늘 꼴찌를 하던 아이가 1등을 해야 깜짝 놀랍니다. 중학교 다닐 때 고만고만한 실력이었는데, 고등학교 들어가서 두각을 나타내며 전교 1등을 한 친구가 있었습니다. 한참 지나서 그 원인을 알 수 있었습니다. 집안 형편이 갑자기 안 좋아져 정신이 번쩍 들었다고 합니다. 공부가 아니면 가난에서 탈출할 방법이 보이지 않았다고요. 깨달음이 있었던 겁니다. 이쯤은 돼야 반전이겠지요.

사람들은 인생에서 늘 반전을 꿈꿉니다. 공부하기 싫어질 때가 있고, 다니던 직장을 때려치우고 싶을 때가 있습니다. 평범한 일상이 갑자기 답답해지며 벗어나고 싶을 때입니다. 결단을 해서 공부가 아닌 제2의 삶에 도전하는 친구들이 있습니다. 직장에 과감하게 사직서를 내고 여행을 떠난 친구도 있습니다. 주변의 우려가 있지만 도전하는 모습이 아름답습니다. 반전 있는 삶이 멋있습니다. 도전하기를 주저하는 사람은 늘 머리로만 꿈을 꿉니다. 행동이 굼뜨지요. 도전보다 안정적인 삶을 이어가다 보면 꼰대가 되기 쉽습니다. 변화를 거부하는 것이지요. 나이 들어서도 열정적으로 살아가는 사람들은 포용력이 넓습니다. 늘 자신감이 있습니다. 에너지가 넘칩니다. 이런 사람이 많은 조직은 역동적입니다. 도전을 두려워하지 않습니다. 사업에 위기가 닥쳐도 이겨냅니다. 반전 있는 삶을 사는 사람들의 공통점입니다. 시련이 굳은살이 되어 웬만한 상처엔 끄떡도 하지 않습니다.

「신비한 TV 서프라이즈」라는 프로그램이 있습니다. 중간쯤에 가면 큼지막한 글씨로 '그런데!'라는 자막이 뜹니다. 반전이 일어나는 전주곡입니다. 그때부터는 '세상에 이런 일이' 벌어집니다. 있을 것 같지 않은 일이 일어나고, 꿈에서나 가능한 일이 버젓이 현실이 됩니다. 믿거나 말거나가 아니고, 실제로 벌어졌던 일입니다. 10년이 넘은 장수 프로그램인데, 어디서 그 많은 해외 토픽 자료를 수집하는지 궁금할 따름입니다. 반전은 프로그램 제목처럼 서프라이즈해야 제맛입니다. 이와 비슷한 프로그램이 있습니다. 「그것이 알고 싶다」입니다. 진행자 김상중 씨는 꼭 이야기 중간에 '그런데 말입니다' 하며 시선을 집중시킵니다. 뭔가 의문점이 생길 때 꼭 그 멘트를 합니다. 방송 한 시간을 끌고 가려면 늘어질 수밖에 없습니다. 시청자들도 집중력이 흐트러집니다. 그때 이 멘트는 분위기를 환기시키며 이야기에 다시 집중하게 합니다. 이름난 명강사들은 이런 장치를 강의 곳곳에 넣습니다. 그래야 오랜 시간을 끌고 갈 수 있습니다. 반전이 있어야 흥미진진합니다.

제목에도 반전이 있습니다. 기존에 알려진 것과 전혀 다른 새로운 사실이 드러났을 때입니다. 흔히 '알고 보니'라는 표현을 씁니다. 한번 살펴볼까요?

- 북한산 웅담, 알고 보니 돼지 쓸개
- 정면충돌 음주차량, 알고 보니 부자지간
- 배달앱 등록된 족발집, 알고 보니 무허가
- 판사라고 믿었던 그녀, 알고 보니…

포털에 '알고 보니'를 검색해보면 제목이 무궁무진합니다. 예를 든 제목들처럼 대부분 반전이 있을 때 사용합니다. 연예 전문 매체에서는 독자를 낚을 때 이 단어를 많이 씁니다. 상황에 딱 맞으면 안 쓸 이유가 없지만 디지털 제목에선 대개 어뷰징할 때 씁니다. 반전이 있는 다른 표현은 없을까요?

'악마의 맛'이라는 말이 있습니다. 악마 같은 나쁜 음식을 일컫는 게 아닙니다. 오히려 정반대되는 의미로 씁니다. 악마의 유혹처럼 치명적인 맛일 때 반어적으로 쓰죠. 악마와 맛이 결합해 제3의 뜻으로 바뀝니다. 천사의 맛보다 훨씬 더 강렬한 느낌을 줍니다. 비슷한 영화 제목도 있습니다. 「악마는 프라다를 입는다」. 최고급 명품인 프라다에 왜 하필 천사도 아니고 악마를 붙였을까요? 최고급 패션 잡지 편집장이 악마 같은 상사라서? 악마 같은 욕망을 부추기는 세태를 질타하기 위해서? '악마' 대신 '최고'를 붙여봅시다. '최고는 프라다를 입는다'. 최고가 되려면 '악마 같은 근성'이 있어야 한다는 뜻으로 해석하니 자연스럽습니다. 영화 속 뉴요커의 삶은 총알이 빗발치는 전장처럼 치열합니다. 유행의 첨단을 이끌어야 하는 최고 패션지에 다닌다면 두말할 필요가 없겠죠. 그곳에서 살아남았다는 자부심은 어지간해서 맛볼 수 없는 경지입니다. 최고가 되기 위한 노력 없이는 불가능합니다. 말 그대로 악마가 되어야 살아남을 수 있는 곳입니다. 그런데 악마 뒤에 프라다를 붙여놓으니 악마가 악마로 보이지 않습니다. '자본주의는 악마의 얼굴을 하고 있다'는 명제에서 거론된 '악마'와 느낌이 전혀 다릅니다. 반어와 역설적 표현은 반전의 재미를 줍니다.

반어적 표현이 돋보이는 시 한 편을 소개합니다. 김소

월의 「먼 후일」입니다.

먼 훗날 당신이 찾으시면
그때에 내 말이 "잊었노라."

당신이 속으로 나무라면
"무척 그리다가 잊었노라."

그래도 당신이 나무라시면
"믿기지 않아서 잊었노라."

오늘도 어제도 아니 잊고
먼 훗날 그때에 "잊었노라."

반복되는 '잊었노라'는 실은 잊지 않았다는 반어적 표현입니다. 당신을 한순간도 잊은 적이 없다는 강한 반어법입니다. 감정을 그대로 드러내지 않고 비틀었는데 강한 여운이 밀려옵니다.

제목도 그렇습니다. 반전이 있을 때 효과가 배가됩니다. 악마 같은 제목을 달아야 합니다. 바둑에서 전혀 예상치 못한 수를 둬 상대의 허를 찌를 때처럼, 독자의 예측을 완전히 비켜간 제목은 묘한 쾌감을 줍니다. 제목에 넘어간 독자가 기사를 읽고 나서 입가에 미소를 짓는다면 성공한 제목입니다. 기사를 쓴 취재기자도 이런 제목이 자기 기사에 달려 있으면 기분이 좋습니다. 그런 제목이 나오기까지 애쓴 편집자의 고민을 읽을 수 있기 때문입니다.

'우산 쓴 여름에 파라솔이 운다'라는 제목도 그런 예입니다. 비가 많이 와서 여름 한철 장사하는 사람들이 힘들어졌다는 기사를 '우산'과 '파라솔'이라는 상반된 단어를 써서 읽는 재미를 줍니다. 재치 있고 감각적인 제목입니다. 이런 제목도 있습니다.

- 살까… 말까… 살까… 팔까… 살까… 죽을까

무슨 내용의 기사 같나요? 제목만 볼 땐 감이 오지 않습니다. 그런데 반복되는 '살까'와 뒤이은 '말까, 팔까, 죽을까'가 참기 힘든 궁금증을 불러일으킵니다. 어떤 기사이기에 한 번도 아니고 세 번씩이나 반전을 주나 싶어 내용을 들여다봤습니다. 정부의 부동산 대책이 나온 뒤의 시장 상황을 취재한 기사였습니다. 첫 번째 '살까… 말까'는 무주택자 입장에서 주택을 살지 말지 망설이는 심정을 담았습니다. 두 번째 '살까… 팔까'는 집주인 입장에서 그냥 집에 눌러살지, 아니면 팔고 나갈지를 말했습니다. 세 번째 '살까… 죽을까'는 건설 경기가 부동산 대책으로 살아날지, 아니면 찬바람이 불지를 보여주었습니다. '살까'의 의미가 모두 다릅니다. 재치가 넘칩니다.

반전 매력이 있는 제목, 어떻게 뽑아야 할까요?

첫째, 경계를 넘지 말아야 합니다. 다 알고 있는 사실인데, 제목만 반전을 줘 마치 뭔가 숨겨져 있는 것 같은 착시를 줘서는 안 됩니다. 대표적으로 연예인을 다루는 뉴스들입니다. '알고 보니'라는 표현을 써 호기심만 자극하는 경우입니다.

- 서인국 알고 보니, 키스 장인?
- 도봉순 박보영, 알고 보니 야구광
- 강하늘, 알고 보니 셀카 바보?

이처럼 신변잡기에 너무 매달려 침소봉대해서는 안 됩니다. 전혀 예상치 못한 상황이 벌어져 충격적일 때 제한적으로 써야 합니다.

둘째, 반전 포인트를 잘 잡아야 합니다. 모자에 포인트를 줬는데 신발이 멋지다고 말해서는 엇나가기 쉽습니다. 어디에 방점을 찍을지 정확하게 맥을 짚어야 합니다. 얼굴인지, 재킷인지, 신발인지 포인트를 한곳에만 찍어서 드러내면 좋습니다. 포인트가 여러 곳에 있을 땐 가장 중점적인 포인트에 초점을 맞추면 됩니다. '1000억 자산가, 빈민촌 소년이었다'처럼 극단적인 대조도 또 하나의 방법입니다.

셋째, 역설과 반어적인 표현을 적재적소에 쓰면 멋스럽습니다. 이때 조심해야 할 점이 있습니다. 반어적인 느낌이 묻어나야지, 곧이곧대로 믿게 해서는 역효과가 납니다. '보고 싶지 않다'고 말했지만 '정말 보고 싶다'는 느낌이 묻어나게 말이죠. 반전 제목은 상황에 딱 들어맞을 때 효과가 나타납니다. '죽어야 사는 남자'와 같은 표현입니다. 어떤 직종의 사람일까요? 상상해보세요.

연습문제 : 기사의 제목을 달아보세요

중앙아메리카에서 눈부신 문명을 꽃피웠던 마야 문명이 갑자기 사라진 원인에는 심각한 가뭄이 있다는 새 연구 결과가 2일(미국 현지시각) 나왔다.

마야는 현 멕시코 남부, 과테말라, 벨리즈 등의 지역에서 번창한 고대 문명이다. 화려한 도시가 도로와 수로 등으로 정교하게 연결됐고 전성기 인구가 수백만에 달했을 것으로 추정된다. 하지만 900년대에 짧은 시간에 갑자기 사라졌으며, 아직도 그 정확한 원인은 수수께끼로 남아있다. 영국 케임브리지 대학교와 미국 플로리다 대학 공동 연구진이 당시 발생한 심각한 가뭄이 원인일 수 있다는 연구 결과를 내놨다.

연구진은 멕시코 유카탄 반도에 있는 치칸카납(Chichancanab) 호수의 석고 성분과 산소 동위원소 분석을 통해 이런 결과를 얻었다. 이 호수 위치는 고대 마야 왕국의 중심이었을 것으로 추정된다. 호수 바닥의 침전물을 분석하면 과거 이 지역의 기후를 시기 별로 추정할 수 있다. 〈한겨레, 2018.8.3〉

빤할 땐 낯설게

트럼프 악몽의 날 …오른팔·왼팔 동시에 '유죄' 받았다

'ㅍㅇㄹ ㅅㅈㅇ ㅉㄷ' 무슨 뜻?…갤노트9 기능 초성퀴즈에 담다

페이스북이 급락하는 진짜 이유

몸에 열 쌓이기 시작하면 위험…온열질환 예방법은?

애플과 삼성전자의 운명…'이것'에서 갈렸다

태양의 '왕관'을 만지러 간다…섭씨 100만도 불 속으로

아내가 남편보다 많이 벌면 이혼하기 쉽다고?

제헌절이 국경일인데 공휴일이 아닌 사연

서울 1인 청년가구 37% '지옥고'서 산다

치느님의 비명…배달비 받자 배달 줄었다

'박' 깨지는 소리에 아시아나는 '휘청'

'쿵'하면 '뚝' 떨어지는 중고차 시세

세계 전역서 '부글부글'…혹시 백두산도?

맛집은 맛집만의 비법이 있습니다. 같은 감자탕을 팔아도 손님이 몰리는 식당이 따로 있습니다. 맥주를 팔아도 맥주 맛이 유달리 좋은 술집이 있습니다. 재료는 비슷한데 다른 집에서 맛볼 수 없는 그 가게만의 특색이 있습니다. 우리는 그런 식당을 맛집이라 부릅니다. 맛집들을 보면 공통점이 있습니다. 원재료를 깐깐하게 고릅니다. 재료의 신선도를 제일 중요시합니다. 보통 수십 년 된 전통 맛집들입니다. 상당수는 직접 원재료를 재배하고 관리합니다. 콩국숫집은 콩을 직접 재배하고, 냉면집은 직접 면을 뽑습니다. 맛집은 육수 등 양념에서도 차이가 납니다. 육수를 우려내기 위해 한약재를 넣기도 하고, 특제 소스를 만들기도 합니다. 유명한 족발집은 수십 년 동안 족발 삶은 육수를 생명처럼 여깁니다. 불이 나면 제일 먼저 육수통을 들고 나온다고 합니다. 같은 곳에서 족발을 공급받아도 삶은 뒤에 맛이 차이 나는 까닭은 바로 이 육수 때문입니다. 다른 식당이 넘볼 수 없는 건 세월의 무게입니다.

누가 여러분에게 1년 동안 가게를 경영하도록 하고, 수익금의 절반을 준다고 가정해봅시다. 맨 먼저 무엇을 하시겠습니까? 저라면 시장조사를 할 것 같습니다. 그 동네 주변 상권을 분석해 사람들이 가장 필요로 하는 메뉴를 찾겠습니다. 그다음엔 그 메뉴를 제대로 요리할 수 있는 일류 주방

장을 고용하겠습니다. 파격적인 대우로 모셔오는 겁니다. 차별화 전략이 성공하려면 지갑을 열 적정한 가격도 중요합니다.

빤한 제목은 맛집에 비유하면 차별성이 없는 음식점입니다. 딱히 내세울 대표 음식이 없는 식당입니다. 경쟁력이 없는 것이지요. 어떻게 하면 맛있는 제목을 만들어 내놓을 수 있을까요? 앞의 사례처럼 먼저 시장조사를 해야 합니다. 제목에서 시장조사는 그 기사를 둘러싼 맥락을 이해하는 일입니다. 기사들을 쭉 검색해서 어디까지 뉴스가 진행됐는지 조사하는 일이죠. 주변 상권을 분석하는 것과 같습니다. 그다음은 차별화시킬 대표 음식을 정해야 합니다. 사람들이 가장 목말라하는 메뉴를 찾는 것입니다. 뉴스로 보자면, 보도했을 때 독자들이 가장 알고 싶어 하는 메뉴입니다.

만약 차리고 싶은 식당이 동네에 이미 있을 때는 어떻게 해야 할까요? 라면집이 이미 많은데 라면집을 차려야 한다면 어디에서 승부를 보아야 할까요? 기존의 많은 라면집과 다른 색다른 맛의 라면을 조리할 수 있어야 합니다. 술 마신 다음 날 먹으면 속이 확 풀리는 해장라면, 뱃사람들이 가장 맛있게 먹는다는 꽃게라면 등 새로운 메뉴를 만들어야 합니다.

같은 뉴스를 다룬 기사가 넘쳐날 때는 조리법을 바꿔야

합니다. 제목을 보고 사람들이 맛보고 싶은 기사로 만들어야 합니다. 면발을 바꿀 수 없는데 면발에 집착하면 새로운 요리가 나올 수 없습니다. 이때는 기사를 보고 독자들이 느낄 법한 감정을 드러내는 제목을 뽑는 방법이 있습니다. 기사를 넘어선 제목입니다. 본문에 없는 제목 달기입니다.

예를 들어 이런 식입니다. 북한강변에서 불법 영업을 한 음식점 주인 7명을 구속 기소하고, 11명을 불구속 기소했다는 내용입니다. 이들은 단속 때마다 명의를 바꿔가며 불법 영업을 해온 상습범들입니다. 제목이 '북한강변 불법음식점 명단 어디 없소?'였습니다. 기사에는 제목과 같은 내용이 들어 있지 않습니다. 같은 내용의 뉴스를 다른 언론사에서 이미 보도한 터라 분노한 시민 입장에서 제목을 달아 차별화한 것입니다.

카페형 빨래방이 대학가에 퍼지고 있다는 기사의 제목입니다.

• 2030, 코인 빨래방서 스트레스 세탁

카페형 빨래방이 대학가에 있다는 뉴스는 이미 나왔습니다. 평범하게 '카페형 빨래방, 대학가서 인기' 같은 제목은 눈길이 가지 않습니다. '스트레스 세탁'이란 제목, 2030

가슴에 꽂히지 않았을까요?

금 투자가 다시 주목받고 있다는 기사가 있습니다. 트럼프 미국 대통령이 당선 뒤 달러화 약세 발언을 하자 안전자산인 금 투자가 늘고 있다는 기사의 제목입니다.

• 여윳돈 금사빠

'금사빠'는 '금방 사랑에 빠지다'라는 젊은 세대의 은어인데, 여기에서는 '금과 사랑에 빠지다'는 뜻으로 쓰였습니다. 기사와 잘 어울립니다. 평범하고 밋밋한 기사를 돋보이게 하는 제목입니다.

위의 사례들은 제목으로 차별화한 경우입니다. 특종이 매일 나오는 것도 아니고, 보통은 비슷한 기사가 대부분입니다. 평범한 기사를 돋보이게 하는 일이 편집자의 몫이니 무슨 수를 써서라도 눈에 띄게 만들려고 합니다. 위에서 든 사례들은 제목으로 기사를 살린 낭중지추입니다.

신문 편집을 하다 보면 사진이 참 중요합니다. 좋은 사진이야 두말할 필요 없이 눈에 확 띕니다. 문제는 사진이 평범한 경우입니다. 그럴 때는 보통 크기를 줄여서 씁니다. 같은 사진을 어느 신문이 1면에 대문짝만하게 '딱' 썼는데 느낌이 전혀 다를 때가 있습니다. 평범한 사진이라고 생각했는데, 크게 쓰니 전혀 다른 느낌으로 다가옵니다. 미운 놈 떡 하나 더 준다는 심정으로 애정을 가지고 대하면 색다른 면이 보입니다. 단신 뉴스인데도 의미를 부여해 조금 키우면 눈길이 갈 때가 있습니다. 어떻게 요리하느냐에 따라 4,000원짜리 라면을 9,000원짜리 만찬으로 만들 수 있습니다.

김춘수의 시「꽃」은 이렇게 시작합니다. '내가 그의 이름을 불러 주기 전에는 / 그는 다만 / 하나의 몸짓에 지나지 않았다. // 내가 그의 이름을 불러 주었을 때 / 그는 나에게로 와서 / 꽃이 되었다.' 제목도 마찬가지입니다. 편집자가 제목을 달기 전에는 하나의 기사에 불과합니다. 편집자가 제목을 붙였을 때, 비로소 '꽃'이 됩니다.

그런 면에서 편집자는 시인의 자세를 본받아야 합니다. 시인은 사물을 오랫동안 관찰합니다. 사물을 오래 지켜보고 깊게 생각합니다. 오래 묵힌 뒤에 시가 탄생합니다. 편집자도 기사를 오래 읽고 깊게 생각하는 직업입니다. 그래야 제목이 나옵니다. 정성을 쏟은 제목은 한눈에 들어옵니다. 고민의 흔적이 배어 있는 제목은 독자들이 척 알아봅니다. 흙으로 그릇을 빚어도 누구의 손을 거치느냐에 따라 도자기가 되기도 하고 항아리가 되기도 합니다. 도자기 장인이 만지면 도자기가 되고, 독 짓는 노인이 만지면 항아리가

됩니다. 흙이 명품 도자기가 되는 과정은 장인 없이 완성될
수 없습니다.

* * *

인터넷뉴스 소비가 늘어나면서 예전과 다른 풍경이 벌
어집니다. 취재기자가 자신이 쓴 기사에 제목을 달아 포털
에 공급하기 시작했습니다. 취재기자들이 곤혹스러워합
니다. 제목 쓰는 훈련을 받은 적이 없는데, 회사에서는 속
보를 쓰고 제목까지 뽑아 출고하라고 합니다. 이 과정에서
탈이 납니다. 어설픈 제목들이 떠돌아다닙니다. 제목을 데
스킹하는 사람이 있으면 그나마 다행인데, 그렇지 않은 경
우 완성도가 떨어지는 제목이 나올 수밖에 없습니다. 빤한
제목이 양산되는 시스템입니다. 시대의 변화를 거스를 수
없다고 해도 '진료는 의사에게, 약은 약사에게' 받아야 하
지 않을까요.

빤한 기사를 낯설게 하는 첫 번째 방법은 '붕어빵 제목
피하기'입니다. 기사를 검색해서 맥락을 파악한 뒤 이미 많
이 나온 제목을 피해 달아보는 겁니다. 틀릴까 두려워하지
말고, 새롭게 뽑아보는 겁니다. 맥락을 알고 있으면 엉뚱한
제목이 나오지 않습니다. 시행착오 없이 좋은 제목이 뚝 하
고 떨어지지 않습니다.

두 번째 방법은 '유행어에 촉수 세우기'입니다. 독자들은 유행어나 사람들이 많이 쓰는 단어에 눈길이 갑니다. 그 표현을 제목에 써도 무방하다고 판단되면 그 단어를 조합해 제목을 구성해봅니다. 의외로 멋진 제목이 나올 수 있습니다.

세 번째 방법은 '기사 버리기'입니다. 빤한 기사를 계속 붙들고 있어봐야 소득이 없을 때가 있습니다. 그런 경우에는 조금 멀리서 기사를 바라보는 겁니다. 독자 입장에서 바라보고, 제3자 입장에서 바라보면 보이지 않던 면이 보입니다. 객관적 관찰자 시각에서 감정을 이입하면 훨씬 더 설득력 있는 제목이 나올 수 있습니다.

냉정과 열정 사이

취약계층에 직격탄 날린 '일자리 한파'

문 열어도 손님은 단 한명…'찜통더위', 소상공인에 직격탄

고랭지 배추밭까지 직격탄…"35년만에 이런 가뭄은 처음"

매케인 딸, 부친 장례식서 트럼프 겨냥 "기회주의자"

트럼프, 또 '망해가는 NYT' 맹공

11명의 후보자 릴레이 청문…전운 감도는 여야

사드 추가 임시배치 임박…긴장 감도는 성주

비트코인 950만원 붕괴…'검은 금요일' 쇼크

급식 케이크 '식중독 쇼크'…1000명 이상 탈났다

노량진수산시장 강제집행 또 무산…상인-집행관 '충돌'

소비 심리, 메르스 때만큼 꽁꽁

큰일날 뻔…기울어진 상도유치원

한여름 폭염을 이기는 보양식이 삼계탕입니다. 얼음물을 마셔도 시원찮은데 삼계탕이라니요. 그런데 먹고 나면 푹푹 찌는 더위도 견딜 만합니다. 뜨거운 음식을 먹고 땀을 내서 더위를 다스립니다. 이열치열입니다. 우리가 여름에 주로 먹는 냉면도 원래 함흥 지역에선 겨울 음식입니다. 뜨끈한 아랫목에서 얼음 동동 띄운 동치미 국물에 먹어야 제맛입니다. 더울 때 더 뜨겁게, 추울 때 더 차갑게 먹는 음식처럼 제목도 그렇습니다. 뜨거운 이슈는 더 화끈하게, 냉정함이 필요한 뉴스는 얼음장처럼 달아야 합니다. 아궁이에 불 피울 때를 생각해보면 쉽습니다. 불을 붙이려면 작은 불씨가 장작에 옮겨 붙을 때까지 열심히 부채질을 해야 합니다. 바람이 없으면 불이 잘 붙지 않습니다. 바람의 역할이 제목의 기능입니다. 바람이 불어야 뉴스가 활활 탑니다.

뜨거운 뉴스의 제목은 불길을 확 퍼뜨리는 바람입니다. 사람들의 분노를 일으키는 촉매입니다. '탁 치니 억 하고 죽었다'는 제목은 박종철 열사 고문치사를 은폐한 정권에 분노한 시민들을 거리로 나오게 만든 기가 막힌 제목입니다.

제목은 내용에 맞는 형식을 갖춰야 합니다. 사드 배치로 한-중 갈등이 한때 첨예했습니다. 사드를 성주 롯데골프장에 배치하기로 결정하면서 갈등이 고조됐습니다. 중국이 한국 여행상품 판매 금지로 압박하자 화장품과 면세점 업계가 타격을 받았습니다. 중국 관광객들이 북적대던 서울 명동은 한산해졌습니다. 그 당시의 제목들입니다.

- 화장품 면세점 업계 직격탄
- 한국 관광산업 초긴장
- 정부 속수무책에 업계 분통

국내 경제에 몰고 올 파장이 만만치 않을 것이 예상되는 제목들입니다. '직격탄', '초긴장', '분통'처럼 강도가 센 단어가 등장합니다. 제목으로 분위기를 보여주는 것입니다. 대포를 쐈는데 소총으로 대응해선 곤란합니다. '눈에는 눈, 이에는 이'로 대응해야 합니다.

냉철한 이성이 필요한 경우도 있습니다. 2015년 메르스 사태로 38명이 사망했습니다. 5월부터 두 달 동안 전국을 공포의 도가니로 몰아넣으며 국가 보건 체계가 마비될 지경이었습니다. 메르스 확산으로 마음 졸이던 기억이 생생합니다. 이처럼 위급한 상황에서는 환자를 격리 치료하고, 환자가 발생한 병원을 폐쇄해야 합니다. 나중에야 제대로 돌아갔지만, 메르스 발생 초기엔 병원도 정부도 우왕좌왕하느라 정신이 없었습니다. 언론은 허술한 병원 방역과 정부 대응을 질타했습니다. 국민들도 무능한 정부의 대처 방식에 화가 났습니다.

이때 손발 깨끗이 씻고 외출을 삼가면 피해를 줄일 수 있다는 보도만 했다면 어떠했을까요? 아마도 그 분노가 언론으로 향했을 겁니다. 그 상황에선 메르스가 왜 이 지경에 이르렀는지 원인을 따져보고, 감염을 줄이기 위해 어떤 노력이 필요한지 보도해야 합니다. 메르스 사태처럼 국민들이 불안해하는 상황에선 불난 집에 부채질하는 제목은 피해야 합니다. 냉철하게 판단해서 신중하게 보도해야 합니다. 언론이 앞장서서 불안을 조장해선 안 됩니다. 대신 그 원인과 책임을 따져야 합니다. 할 말은 하되 불필요한 공포 조성을 해서는 안 됩니다. 사실에 근거한 제목을 달아야 합니다. '메르스 의사 사망' 보도는 대표적인 오보 사례입니다. 단독 보도 욕심에 사실을 확인하지 않아서 빚어진 일입니다. 국민의 생명과 직결된 문제는 남들보다 먼저 쓰려는 욕심보다 정확한 사실 보도가 더 필요합니다. 한 번의 오보가 순식간에 신뢰를 무너뜨립니다.

제목은 혼자 달리는 마라톤이 아니라 짝꿍과 함께 노를 젓는 조정 경기입니다. 호흡이 제일 중요합니다. 그 짝꿍은 기사입니다. 마음이 통하는 짝꿍은 손발이 척척 맞습니다. 눈빛만 봐도 마음을 읽을 수 있습니다. 기사가 시속 100킬로미터로 달릴 때, 제목은 100킬로미터로 속도를 맞출 수도 있고 120킬로미터까지 내달릴 수도 있습니다. 110킬로미터 제목은 눈길을 끌 만하고, 120킬로미터는 단연 돋보입니다. 단, 규정 속도를 지켜야 합니다. 150킬로미터로 앞질러 달리면 과식할 때처럼 체합니다. 소화할 여력이 안 되는데 음식을 밀어 넣는 격입니다. 너무 과하지 않은 경계치가 편집자들이 제목으로 승부할 최대치입니다.

제목의 다른 짝꿍은 독자입니다. 독자는 연인과 비슷합니다. 사이가 좋을 땐 없으면 죽을 것처럼 아끼다가도, 대판 싸우고 나면 꼴도 보기 싫습니다. 좋은 기사를 쓰고, 좋은 제목이 달리면 응원합니다. 신문을 구해서 읽어봅니다. 매일 만나는 애인처럼. 그러다가 크게 싸우고 나면 평소 예뻐 보이던 애교도 가식처럼 느껴집니다. 제목은 왜 그렇게 긴지, 기사는 왜 그렇게 어렵게 쓰는지 보이는 것마다 눈에 거슬립니다. 어떻게 관계를 회복해야 할까요?

진심입니다. 콩깍지가 씌어서 안 보이던 부분이 보이기 시작할 때 진심을 말해야 합니다. 속으로 감추면 나중에 또 다시 불거집니다. 만남이 불편해지고 결국엔 헤어집니다. 진심을 말하면 당장은 서운하고 상처를 받아도 나중에는 관계가 더 돈독해집니다. 제목을 다는 편집자는 독자의 마음을 읽으려고 합니다. 분노하는지, 기뻐하는지, 슬퍼하는지 파악하려고 합니다. 독자는 슬픈데 제목을 기쁘게 달아서는 안 되기 때문입니다. 그 마음을 알기 위해서는 먼저 자신의 마음을 알아야 합니다. 편집자를 흔히 '첫 번째 독자'라고 합니다. 기사를 읽는 첫 번째 독자로서 어떻게 표현해야 독자들이 쉽고 빠르게 이해할지 고민합니다. 수용자 입장에 서보는 것입니다. 이것이 취재기자와 편집기자의 차이입니다.

열탕과 냉탕 사이에는 온탕이 있습니다. 그렇게 뜨겁지도, 그렇게 차갑지도 않은 적당한 온도. 사람의 체온과 비슷하거나 조금 높은 온도입니다. 어렸을 때 목욕탕에 가면 아저씨들이 찬물과 더운물이 나오는 꼭지를 돌려 온도를 맞춥니다. 어린 나는 적당한데 아저씨는 미적지근한 듯합니다. 갑자기 뜨거워집니다. 좀 더 버텨보려 하지만 뜨거워서 바로 물 밖으로 나오고 맙니다. 온도차가 있는 것이지요. 제목도 받아들이는 사람에 따라 온도차가 있습니다. 기사에 충실한 제목인데, 독자들은 도통 무슨 말인지 몰라 할 때가 있습니다. 독자의 온도를 느끼지 못하고 공급자 마인드로 제목을 다는 경우입니다. 갑자기 뜨거운 물을 튼 목욕탕 아저씨처럼. 독자의 눈높이로, 온도를 갑자기 확 올리지 말고 서서히 뜨거워지도록 배려하는 마음이 필요합니다. '독자는 군말 말고 따라오시오' 하면 '너 잘났다' 하고 떠납니다. 독단적인 사람을 누가 좋아하겠습니까.

제목은 참 어렵습니다. 뜨겁게 달구면 너무 뜨겁다고 아우성이고, 반대로 차갑게 온도를 낮추면 너무 냉정하다고 타박합니다. 종잡을 수 없습니다. 정답이 없기 때문입니다. 수학 문제처럼 정답이 있으면 로봇이 제목을 뽑아도 될 겁니다. 공식대로 문제를 풀어 정답이 나오면 고민할 필요가 없습니다. 세상일이 공식대로 굴러가지 않듯 기사도, 제목도 공식으로 설명할 수 없습니다. 창작의 영역입니다. 특히 제목은 그렇습니다.

냉정과 열정 사이에서 중심을 잡아줄 핵심은 감정입니다. 감정 없이 메마른 제목은 삭막합니다. 먼지 날리는 사막입니다. 비록 기사가 사막이라도 그곳에 꽃을 심어야 합니다. 제목에 감정이 없으면 생명이 없는 돌과 다르지 않습니다. 세상 돌아가는 일을 기사에 담는데 감정이 없을 수 있을까요. 객관성을 유지하기 위해 최대한 감정을 자제할 뿐입니다. 제목은 여기에 두 스푼의 감정을 넣어야 합니다, 살아 있는 느낌이 들도록. 그래야 매력이 있습니다.

그 매력은 저절로 생겨나지 않습니다. 관심에서 비롯합니다. 소녀상이 첨예한 이슈가 될 땐 일본 대사관 앞 수요집회에 나가 무슨 말을 하는지 분위기를 느껴야 합니다. 촛불집회가 열릴 땐 현장에서 시민들의 목소리를 들어야 합니다. 부족한 부분이 있으면 책을 통해서라도 이슈를 이해

해야 합니다. 취재기자가 미시적인 부분에 머무를 때, 거시적 관점에서 지적할 줄 알아야 합니다. 기사로만 받아보는 현실과 내가 참여해서 느낀 현실은 제목을 달 때 큰 차이가 납니다. 관심은 노력입니다. 더 잘하고자 하는 욕심입니다. 만족하면 발전할 수 없습니다. 부족해야 채울 부분이 있고, 채우다 보면 차고 넘칠 때가 있습니다. 그때가 편집자로서 최고의 전성기입니다. 이 노력은 열정에서 나옵니다. 뜨거운 열정이 뜨거운 제목을 만들어냅니다.

친절도 상품이다

전기료 누진제 겁나 '껐다 켰다'?…에어컨 잘 쓰는 법

"100만원 차이"…다이슨·차이슨 비교해보니

'7말8초' 대신 '6월 휴가', 얼마나 더 싼지 봤더니

"내년부터 바뀌어요"…직장인이 알아두면 좋은 세법개정안

"내일까지 납부 잊지 마세요"…재산세 낼 때 알아두면 좋은 점

공시가 7억집, 시세 80% 적용 땐 세금 91만원 뛴다

돈 걱정 없이 살려면 10억? 50억? 살면서 필요한 돈 따져봤다

[근로시간 단축 Q&A] 커피·흡연은 근로…회식, 강제해도 불인정

다주택자 종부세부담…20억짜리는 47만원↑, 30억은 174만원↑

최저임금 논란 '점입가경'…누구 말이 맞나?

가습기 살균제 피해접수, 이렇게 하세요

항공사 마일리지 써보니…"빙수가 무려 2만 4천 원"

〈한겨레〉 토요판 2면엔 「친절한 기자들」 코너가 있습니다. 뉴스의 숨은 이면을 취재기자가 후기 형식으로 쓰는 공간입니다. 기사로 다 못한 이야기를 친절하게 설명합니다. 왜 '친절한 기자들'일까요? 기자들이 얼마나 불친절했으면 '저 친절해요'라며 낯간지러운 단어까지 써서 글을 쓸까요? 포털에 '친절한 기자'를 검색해보니 「친절한 경제」, 「친절한 쿡기자」, 「더 친절한 기자들」이란 코너들이 있습니다. 친절 경쟁이라고 할까요. 예전엔 볼 수 없었던 풍경입니다. 인터넷뉴스 소비가 늘어나면서 달라진 면입니다. 뉴스 홍수 시대에 차별화된 콘텐츠로 독자들을 사로잡기 위한 안간힘입니다.

배는 부른데 허기가 채워지지 않는 것처럼 뉴스는 많은데 갈증은 더 늘어났습니다. 일명 '친절' 콘텐츠는 갈증을 달래주는 기사입니다. 뉴스의 맥락을 A부터 Z까지 친절하게 설명하는 콘셉트입니다. 이런 기사는 코스로 음식이 나오는 한정식 같습니다. 다음에 또 먹고 싶습니다. 아이템이 좋으면 독자들한테 펀딩을 받아 취재를 하기도 합니다. 과거에 기자들이 지면에만 기사를 썼을 때는 경험하기 힘든 새로운 트렌드입니다. 독자와 기자의 거리가 가까워졌습니다. 지금은 기자 브랜드 시대입니다. 자기 이름을 내건 코너에 지속적으로 기사를 올리며 독자와 소통합니다. 쌍

방향입니다. 긍정적인 흐름입니다. 소통을 못하는 기자는 디지털 시대에 퇴보할 수밖에 없는 것일까요?

사람들은 '기자' 하면 떠오르는 상반된 고정관념이 있습니다. '모르는 게 없다, 글을 잘 쓴다, 말을 잘한다'는 긍정적인 면입니다. 반면에 '싸가지가 없다, 자존심이 세다, 술을 잘 마신다'는 부정적인 면입니다. 어떤 이미지가 굳어지기까지는 오랜 시간이 걸립니다. 영화에서 그리는 기자의 모습이 대체로 비호감인 건 그만큼 부정적 인식이 많다는 것이겠지요. 조금 변명하자면, 취재는 해야 하는데 마감이 정해져 있다 보니 마음이 바쁩니다. 빠른 시간에 원하는 답을 얻어내려면 취조하듯이 물어보는 일이 많습니다. 원하는 한마디를 들으려고 한 시간 넘게 전화기를 붙잡고 실랑이할 때도 있습니다. 상대방으로서는 기자에 대한 인식이 좋을 리 없겠지요. 그러니 욕을 많이 먹습니다. '기레기'란 소리까지 듣게 됐습니다. 이런저런 인식이 쌓이면서 기자는 친절하지 않다는 생각이 자연스레 형성됐습니다. 기자들은 그리 친절하지 않은 것 같은데, '친절한 기자'라는 제목이 가당키나 하냐는 소리가 뒤통수를 치는 것 같습니다.

신문은 철학서가 아닙니다. 가장 대중적인 매체입니다. 대중을 상대로 하는 만큼 어려운 내용도 알기 쉽게 전달하는 일이 기자의 숙명입니다. 출판 담당 기자는 500페이지나 되는 철학서를 읽고 원고지 20매로 압축합니다. 그것도 대중이 이해하기 쉬운 용어로. 이 일을 철학과 교수님들이 할 수 있을까요? 쉽지 않을 겁니다. 기자들만큼 빠른 시간에 내용을 숙지해서 글로 쓸 수 있는 직업은 많지 않습니다.

하지만 세상의 모든 글이 그렇듯 기사 역시 완벽하지 않습니다. 짧은 시간에 완성도 높은 기사를 쓰기란 더더욱 어렵습니다. 기자들은 이 딜레마를 협업을 통해 해결합니다. 1차, 2차, 3차 퇴고 과정을 거쳐 비로소 신문 지면에 나옵니다. 기자가 쓴 글을 팀장이 한 번 더 보고, 데스크가 마지막으로 손질합니다. 여기에 편집자가 제목을 달아야 공정이 끝납니다.

편집자가 기사를 받았을 때 잘 쓴 기사는 제목 뽑기도 수월합니다. 전달하는 뜻이 분명하기 때문입니다. 까다로운 기사는 해설 기사입니다. 어떤 사건이나 개념의 맥락을 설명하는 기사인데, 두세 번을 읽어도 무슨 말을 하는지 모를 때가 있습니다. 좋은 기사가 아닙니다. 그렇다고 포기할 수 없습니다. 참 묘한 게 계속 읽다 보면 암호 같던 기사가 문자로 보이기 시작합니다. 그때 제목을 뽑습니다. 이런 기사들은 제목을 뽑고 나면 공통점이 있습니다. 기사에 너무 빠져 '독자가 이 제목을 어떻게 받아들일까' 하는 생각을 깜빡 잊습니다. 백이면 백 편집 데스크한테 질책을 듣습니다.

'무슨 제목이 이래?' 하고 말이죠. 어쨌든 그것도 편집자의
숙명이니 아무리 어려운 기사도 독자들이 알기 쉽게 제목
을 뽑아야 합니다.

- 10년 주식투자 수익⋯외국인 78%, 개인 -74%
- '이자'에 안주하는 국내은행, 1000원 굴려 번 돈 작년
  1.3원
- 소비 석달 연속 감소⋯1만원 롤케이크도 안 팔린다

경제 기사 제목들을 추렸습니다. 사람들이 어렵게 느끼
는 분야 중 하나가 경제입니다. 수치 때문입니다. 따지고
보면 경제란 우리의 일상입니다. 버스 타고, 밥 사 먹고, 세
금 내는 모든 일이 돈과 관련되어 있습니다. 그런데 '경제'
라는 단어를 듣는 순간, 내 일상이 아닌 남의 일처럼 느껴
집니다. 연 10퍼센트 수익과 1억 수익은 체감이 다릅니다.
'퍼센트'가 들어가면 일단 계산을 해야 합니다. 간명하게
눈에 들어오지 않습니다. '건축'이란 단어와 '집'이란 단어
가 주는 차이랄까요. 같은 제목도 '집'이라고 쓰는 편이 편
안하게 다가옵니다.

경제 기사는 가급적 소비자가 체감하기 쉬운 표현을 써
야 합니다. 위의 제목에서 '소비 석달 연속 감소'까지만 있

었으면 한국은행 통계자료에 그칩니다. 소비자가 체감하기 쉽도록 '1만원 롤케이크도 안 팔린다'를 뒤에 붙였기 때문에 살아 있는 제목이 됩니다. 통계자료는 그게 무슨 의미인지 알려주기 위해 반드시 공급자가 아닌 수요자, 즉 소비자 입장에서 기사를 쓰고 제목을 뽑아야 합니다. '퍼센트'를 그대로 쓰지 말고, 익숙한 단위로 바꿀 수 있는지 살펴야 합니다. 경제 분야 기사는 정말로 '친절한' 제목이 필요합니다.

친절한 제목을 뽑을 때 주의할 점이 있습니다.

첫째, 과잉 친절은 거부감을 일으킵니다. 음식점에 갔는데 사장이 자주 테이블을 돌아다니면 손님이 불편해합니다. 선을 지켜야 합니다. 사적인 공간을 보장해줘야 합니다. 과잉 서비스처럼 과잉 제목은 상상력을 가로막습니다. 제목을 보고 읽고 싶은 약간의 궁금증을 남겨둬야 합니다. 모든 내용을 제목에 다 담으면 제목의 기능을 잃습니다. 제목은 핵심만 간추려 보여주면 충분합니다.

둘째, 독자를 우습게 본다는 느낌을 주지 않도록 해야 합니다. 다 알고 있는 내용인데 굳이 친절하게 제목을 단다고 같은 말을 시시콜콜 반복하면 역효과가 납니다. 아침부터 뉴스에서 떠든 내용인데 같은 제목을 다음 날 신문 지면에 그대로 달면 난감합니다. 뭔가 진전된 내용을 써야 합니다.

독자는 생각보다 똑똑합니다. 뉴스를 접할 기회가 부쩍 늘어났습니다. 식당에 가도 뉴스, 버스를 타도 뉴스가 나오는 뉴스 천지입니다. 뉴스 없는 곳을 찾기 어려운 세상입니다.

친절한 제목은 독자가 가장 궁금해하는 지점을 정확히 짚어주면 됩니다. 기사가 재미있으면 재미를 전해주고, 눈물을 빼는 사연은 감동을 그대로 전해주면 족합니다. 스포츠 경기는 중계를 보는 팬의 입장에서, 연예인 러브스토리는 달달하게 그려주면 됩니다. 2017년 3월 세계야구클래식 개막전에서 대표팀이 최약체로 평가받은 이스라엘에 패한 기사를 보도한 제목들입니다.

- 헛스윙, 병살…속 터진 4시간 반
- 한국 개막전 충격패…오늘 네덜란드전 물러설 곳 없다
- 설마설마했는데…끝내 안 터진 방망이
- 첫판부터 꼬인 김인식호
- '이'런 일이…

주로 경기를 본 관중 입장에서 제목을 뽑았습니다. 화가 난 표정이 읽히는 제목도 있고, 안타까움을 드러낸 제목도 있습니다. 다 나름의 이유가 있습니다. 독자들이 봤을 때 공감이 가면 그걸로 충분합니다. 공감의 폭이 크면 반향도

크겠지요. 사실 친절은 배려의 다른 말입니다. 나보다 남을 먼저 생각하는 마음입니다. 제목에 빗대면 공급자가 아닌 독자를 먼저 생각하는 마음입니다. '독자가 이 제목을 어떻게 읽을까, 어렵게 느끼지 않을까' 역지사지하는 마음입니다. 배려하는 제목은 나를 강하게 앞세우지 않습니다. 외유내강형 제목입니다. 부드럽지만 강함이 내포되어 있습니다.

수영을 배울 때 맨 처음엔 호흡이 조절되지 않아 물을 먹습니다. 몸이 경직되니 자세도 틀어지고, 멀리 가기도 힘듭니다. '음파~ 음파~'가 몸에 밴 순간 호흡이 편안해지며 폼도 나옵니다. 물살을 타는 몸은 부드럽지만 속도가 빠릅니다. 제목도 비슷합니다. 편집 초기엔 제목에 잔뜩 힘이 들어가고 경직되어 있습니다. 10년차 정도 되면 제목이 부드러워지면서 힘도 있습니다. 20년차가 넘으면 취권처럼 판을 짜도 흐트러짐이 없습니다. 진정한 고수는 어떤 기사가 와도 평정심을 잃지 않고 훌륭한 요리를 합니다. 제목 다는 일은 어쩌면 '힘 빼는' 작업인지도 모르겠습니다.

인터넷뉴스,
8할이 제목이다

응용 편

잘되는 기사식당

알파고와 기존 바둑 프로그램의 결정적 차이를 알고 있나요? AI를 조류독감으로만 알고 있지는 않겠죠? IoT를 읽고 사물인터넷이 바로 떠오르지 않으면 IT사전을 구입하길 권합니다. 이 용어들은 최신 뉴스에 부쩍 등장하는 단어입니다.

알파고는 구글 딥마인드가 개발한 인공지능 바둑 프로그램이죠. 2016년 이세돌과의 바둑 대결에서 4승 1패로 이기며 관심을 모았습니다. 인공지능이 어떻게 세계 바둑 정상급 선수를 이길 수 있는지 모두 놀랐습니다.

AI는 조류독감 뜻 말고 알파고 같은 인공지능을 일컫는 용어이기도 합니다. 최근에 야구 기사를 쓰는 인공지능 프로그램이 등장해서 큰 화제가 되고 있습니다. AI는 축적된 통계를 바탕으로 경기가 끝나면 정해진 포맷에 따라 기사를 작성합니다. 증시나 날씨 관련 기사도 인공지능 로봇이 쓰고 있습니다. 인공지능이 더 정교해지면 인간이 했던 많은 일을 대체할 것으로 보입니다. 단순 작업은 AI가 담당하고, 인간은 좀 더 창조적인 일을 하는 시대가 다가오고 있습니다. 트렌드가 변하고 있습니다.

최근에 자율주행차와 관련된 뉴스가 폭발적으로 늘어났습니다. 지금은 자율주행차가 도로에서 시험 운전을 하고 있습니다. 멀게만 보이던 인공지능과 로봇 과학이 가까운 현실로 다가왔습니다. 일반인들도 손수 운전하지 않고 프로그램을 세팅하기만 하면 자동차가 알아서 운전한다는 사실에 흥미를 갖기 시작했습니다. 언론에서는 처음에 위험하지 않을까 우려 섞인 기사를 쓰다가, 자동차 회사들이 미래형 자동차로 생각하며 개발에 뛰어든 이후 다양한 기사를 쏟아냅니다. 자율주행차가 새로운 트렌드가 되며 IT 뉴스의 대세가 됐습니다.

뉴스에도 트렌드가 있습니다. 단발성 뉴스가 아닙니다. 노출 빈도가 갈수록 많아지는 뉴스입니다. 실시간 검색어에 빗대면, 처음엔 순위가 10위였다가 시간이 갈수록 1위로 치고 올라오는 뉴스입니다. 실검 상위 뉴스는 사람들이 관심을 가질 만한 요소를 갖추고 있습니다. 의외성, 근접성, 저명성, 시의성, 오락성 등입니다. 의외성은 일상적으로 발생하지 않고 느닷없이 닥치는 사건입니다. 9·11테러 같은 경우죠. 근접성은 내 삶과 직접적인 관련성이 높은 뉴스입니다. 저명성은 이름이 알려진 유명인 기사가 일반인보다 더 뉴스가 된다는 말입니다. 시의성은 사건 발생이 최신일수록 뉴스 가치가 높은 것을 말합니다. 실검을 보면 연예인 뉴스가 많은데, 저명성과 관련됩니다.

뉴스 발생 초기에는 이슈가 어떤 방향으로 튈지 알기 어렵습니다. 뉴스를 계속 체크하지 않으면 감을 잡기가 쉽지 않습니다. 뉴스에 주파수를 예리하게 맞추고 있어야 촉이 옵니다. 감각 있는 기자는 트렌드를 읽는 촉이 좋습니다. 같은 출입처를 취재해도 기사가 차이 나는 이유는 이 때문입니다. 트렌드에 민감한 기자는 새로운 기계가 나오면 즉시 사서 써보는 얼리어답터와 같습니다. 얼리어답터들은 다른 사람보다 먼저 새 제품을 이용해보고 이런저런 상품평을 블로그에 올립니다. 파워블로거가 쓰는 이용 후기는 제품 판매에 영향을 미칩니다. 그만큼 영향력이 큽니다. 기사도 마찬가지입니다. 남들이 다 쓰기 전에 미리 기사가 될 만한 소재를 찾아 써야 경쟁력이 있습니다.

트렌드를 읽는 도구가 있습니다. SNS에서 팔로어가 많은 사람들을 관찰하는 겁니다. 이 사람들이 페이스북이나 트위터, 인스타그램에 올린 인기 글은 순식간에 수천수만 명에게 전달됩니다. 이들은 뉴스에 민감하기도 하지만 스스로 뉴스를 만들기도 합니다. 셀럽들과 SNS에서 관계를 많이 맺을수록 뉴스거리를 찾기 쉽습니다. 트렌드를 읽기 좋은 인터넷 커뮤니티도 있습니다. 인기 커뮤니티 게시판에 가면 사람들이 어떤 뉴스를 즐겨 읽는지 한눈에 알 수 있습니다. 'MLB파크'나 '디시인사이드', '오늘의 유머' 같은 커뮤니티가 활발한 편입니다. 뉴스가 확대재생산되는 기지입니다. 이렇게 촉수를 여러 곳에 두고 있으면 인터넷뉴스를 발제하는 데 유리합니다. 어떤 뉴스가 공유되고 있는지 알고 있기 때문에 기사를 잘만 쓰면 트래픽이 폭발합니다.

학교 다닐 때 보면 족집게 선생님이 꼭 있습니다. 수능 출제 경향을 분석해서 올해는 이 단원에서 분명히 한 문제 또는 두 문제가 나온다고 점지(?)해주십니다. 선생님은 어떻게 알 수 있었을까요? 답은 통계에 있습니다. 10년 이상 출제 경향을 분석하면 일정한 흐름이 보입니다. 빼놓지 않고 들어가는 문제가 있습니다. 교과과정에서 반드시 이해하고 넘어가야 하는 문제죠. 이런 과정을 거쳐 유형을 압축하고 문제들을 간추리며 범위를 좁힙니다. 머리에 쏙쏙 박히도록 강의까지 하면 완벽합니다. 출제 경향을 분석하면 트렌드가 읽힙니다. 올해는 이 단원에서 문제가 나온다는 감이 잡히는 거죠. 기자들도 트렌드를 잘 읽으면 어느 시점에 어떤 기사를 쓰면 독자들이 많이 읽을 것이라는 느낌이 옵니다. 사람들이 관심을 갖고 있는 영역이 어디인지 알고 있기 때문에 선택과 집중을 할 수 있습니다. 맨땅에 헤딩하지 않고 기본은 합니다.

디지털 부서에서 일하려면 특히 트렌드에 민감해야 합니다. 제품으로 치면, 새 상품이 매일 쏟아져 나오는데 매장 진열대는 한정되어 있습니다. 고객의 눈에 잘 띄는 곳은 더욱 좁습니다. 그곳에 어떤 제품을 진열해야 판매량을 늘릴 수 있을지 고민합니다. 날씨가 추우면 따뜻한 짬뽕라면을, 더우면 시원한 냉면을 내놓아야 합니다. AI(조류독감)로 닭을 살처분하면 계란 수급이 어떻게 될지 흐름을 읽고 준비해야 합니다. 남들 다 할 때 고민하면 늦습니다. 트렌드를 먼저 읽고 준비해야 다른 매장보다 조금이라도 빨리 제품을 내놓을 수 있습니다.

디지털 기사는 계속 나오는데 진열할 홈페이지 매대는 한정되어 있습니다. 시간을 두고 내놓기도 하고, 별로 안 읽을 것 같은 기사는 올리지 않습니다. 톱으로 올리면 많이 볼 것 같은 기사가 있습니다. 히트 상품이죠. 이런 상품이 세 개만 있어도 그날 매출 달성은 수월합니다.

문제는, 상품은 신선한데 매출을 장담할 수 없는 상품을 히트시켜야 하는 데 있습니다. 제목이 나설 때입니다. 어떻게 포장해야 잘 팔릴까 고민합니다. 제일 먼저 전략을 짜야 합니다. 제품의 신선도로 승부할지, 싼 가격으로 승부할지 정해야 합니다. 신선도로 승부한다면 맛보기로 직접 맛을 보게 해야 합니다. 기사의 핵심을 담은 직관적인 제목으로 승부합니다, 빙빙 돌리지 말고. 가격으로 매출을 늘리고자 한다면 맛보기는 필요 없습니다. 가격 자체가 매력이니까요. 기사 가치로 치면 톱까지 올리기엔 부담되는데, 제목을 보면 사람들이 많이 볼 것 같은 기사가 있습니다. 너무 힘

주지 말고 기사를 처음 읽었을 때 꽂힌 부분을 뽑으면 좋습니다. 때론 툭 던진 제목이 반응이 좋을 때가 있습니다. 편하게 다가오기 때문입니다.

신문 기사도 그렇지만 인터넷뉴스도 그날 가장 뜨거운 소식들의 집합입니다. 디지털 공간은 저마다 특색이 있습니다. 분식집처럼 라면이나 김밥 같은 간편식으로 회전율을 높이는 홈페이지가 있습니다. 한정식 집처럼 담백하고 정갈하게 차려놓고 품격을 중시하는 홈페이지도 있습니다. 전자는 그때그때 가장 뜨거운 뉴스를 바로 볼 수 있는 장점이 있습니다. 후자는 뒷맛이 오래 남고, 먹고 나면 한 끼 잘 먹었다는 생각이 듭니다. 어떤 구성이 좋은지 정답은 없습니다. 사람들의 음식 선호가 다르듯 뉴스 선호도 각기 다릅니다. 그래도 파리 날리는 홈페이지라면 무엇이 잘못되었는지 돌아봐야 합니다.

* * *

잘되는 '기사記事식당'이 되려면 차별화해야 합니다. 육개장을 먹어도 참 잘 먹었다는 소리를 들어야 합니다. 그래야 소문이 나고 손님이 찾습니다.

차별화를 위한 첫 번째 전략은 사람들이 가장 궁금해하는 뉴스를 쓰는 것이고, 적확한 제목을 다는 것입니다. 뉴스는 팽개치고 쓰고 싶은 기사만 써서는 소득이 없습니다. 뉴스가 뜨거울 때 독자들의 갈증을 바로 해소시켜줘야 합니다.

두 번째 전략은 '맛'입니다. 맛은 정성입니다. 가격을 떠나 맛있는 집은 손님이 끊이지 않습니다. 제목도 마찬가지입니다. 맛깔스런 제목은 구미가 당깁니다. 맛은 500원짜리 어묵에도, 5,000원짜리 라면에도, 5만 원짜리 밥상에도 있을 수 있습니다. 짧은 단신 기사도, 톱기사도 맛깔스런 제목은 차별을 두지 않습니다.

세 번째 전략은 서비스입니다. 싼값에 음식 먹는다고 사람까지 싸게 취급해선 안 됩니다. 점퍼를 걸치고 와도, 양복을 입고 와도 똑같이 대접해야 합니다. 반찬 더 달라고 하면 눈치 주지 말고 팍팍 퍼줘야 합니다. 장사는 인심입니다. 기사도 신속 배달부터 AS까지 최선을 다해야 합니다. 속보는 빨리 챙기고, 복잡한 뉴스는 자세하게 풀이해서 설명하면 독자들이 감동받습니다. '기사 AS는 ○○○신문이 최고지'라는 인식이 퍼지면 독자들은 하루에 한 번은 들러봅니다. 단골 고객이 되는 겁니다. 손님이 안 온다고 음식을 대충 만들어서는 단골을 만들지 못합니다. 늘 한결같은 마음으로 최선을 다해 기사를 쓰고 제목을 뽑아야 독자들이 신뢰합니다. 트렌드는 변화하지만 한번 쌓인 신뢰는 쉽게 깨지지 않습니다.

돈, 돈, 돈을 번다면

서민들의 삶이 갈수록 힘듭니다. 특히 청년들은 사상 최악의 취업난에 좌절합니다. 취직 문턱을 넘어도 정규직은 하늘의 별 따기, 비정규직으로 불안정한 생활을 이어가야 합니다. 연애·결혼·출산을 포기한 '삼포세대'가 우리 시대 청년들의 자화상입니다. 3040의 삶도 녹록지 않습니다. 치솟는 집값에 월급 한 푼 안 쓰고 모아도 집을 사려면 수십 년이 걸립니다. 흙수저들에게 내 집 장만은 꿈일 뿐입니다. 50대는 어떻습니까. 언제 잘릴지 모르는 실업의 공포 앞에 하루하루 살얼음판 위를 걷습니다. 스트레스에 병까지 덮치면 가족의 삶은 벼랑으로 내몰립니다. 사회안전망이 허술해 실업이나 질병은 치명적입니다. 모든 세대가 한 치 앞을 내다보기 힘든 시간을 버텨내고 있습니다. 저녁이 있는 삶은 고사하고, 지금보다 더 나빠지지 않기를 기도할 뿐입니다.

　로또 판매액이 사상 최고치를 기록했습니다. 로또 열풍입니다. 저도 회사 다니기 싫을 때 사봤습니다. 멍하니, 로또에 당첨되면 뭘 할까 생각하니 기분이 좋아졌습니다. '이 맛에 로또를 사는구나.' 로또가 왜 고달픈 현실의 피난처인지 조금은 알 것 같았습니다. 한편으로 조금 슬펐습니다. 제가 어렸을 땐 지금처럼 각박하지 않았는데, 왜 우리 사회가 이렇게 변했을까?

아마 IMF 이후일 겁니다. 노동자들은 하루아침에 해고되고, 회사들은 문을 닫았습니다. 폭탄 맞은 대학 학번은 취업하기 힘들어졌습니다. 2000년대 중반이 되자 부동산 값이 가파르게 올랐고, 부익부 빈익빈 현상이 더 심해졌습니다. 2008년 서브프라임을 한 차례 더 겪으며 우리 사회는 더욱 냉혹한 정글이 됐습니다. 돈이 최고라는 가치가 바이러스처럼 퍼졌습니다. 텔레비전에서는 부동산 광풍에 올라타지 않으면 두 번 다시 기회가 오지 않는다고 쉴 새 없이 떠들었습니다. 욕망은 투기를 부르고, 투기는 욕망을 부채질했습니다.

이런 바람을 타고 주식과 재테크 뉴스가 활황을 누리며 신생 경제지가 많이 늘어났습니다. 인터넷 언론도 경제지가 우후죽순 생겨났고, 종합일간지도 경제 섹션을 강화하며 열풍에 뛰어들었습니다. 네이버 포털의 '이 시각 주요 뉴스'에 배열된 지면 기사 중 경제 기사가 사회 기사 다음으로 많습니다. 경제 뉴스가 차고 넘칩니다. 그만큼 사람들의 관심이 많다는 이야기겠죠.

포털엔 부동산 투자부터 금융 상품 소개까지 수백 가지 콘텐츠가 있습니다. 수요가 넘치니 기사가 계속 공급됩니다. 주로 어떤 제목으로 뉴스를 소개하는지 살펴보겠습니다.

- 자투리 건물주라도 돼볼까?

- 30대 李과장 "전세살며 오피스텔 월세 받아요"

- 공모주펀드 옥석가리는 법

- 주식투자, 이것만 지키면 성공한다

- 1%대 금리시대…부자들의 新재테크

- 사회초년생 재테크, 커피부터 줄여라

어떤 경향성이 보이나요?

무엇보다, 욕망을 자극합니다. 당신도 '조물주 위에 건물주'가 될 수 있다며 손짓합니다. 집값이 치솟을수록 자기 집을 갖고 싶은 욕망은 더 커집니다. 부동산 투자를 권유하는 뉴스들은 어떻게 하면 싼값에 괜찮은 지역의 집을 구입할 수 있는지 팁을 줍니다. 경매시장이 좋을 땐 경매 노하우를 알려주고, 집짓기 열풍이 불 때는 적은 돈으로 직접 집을 지을 수 있는 정보를 제공합니다.

돈 버는 법, 돈 굴리는 법을 코칭합니다. 증권가 펀드매니저들이 투자 정보를 알려주기도 하고, 기자들이 전문가들을 만나 투자 노하우를 소개하기도 합니다. 한때 경제 뉴스에 가장 많이 등장하는 단어가 '재테크'였습니다. 서점에는 온갖 재테크 책이 쏟아졌고, '시時테크'라는 말까지 나왔습니다. '시간이 돈'이라는 거지요.

구체적 사례로 이해를 돕습니다. '30대 과장', '사회 초년생' 같은 구체적인 타깃을 정하고 어떻게 해야 저축을 해서 10년 안에 집을 살 수 있는지 성공 사례를 소개합니다. 은퇴를 한 60대에겐 여윳돈을 어디에 굴려야 안정적인 노후를 보낼 수 있는지 알려줍니다.

경제 기사들을 보면 내용이 상당히 구체적입니다. 아는 만큼 보인다는 말이 경제 분야만큼 딱 들어맞는 곳도 없습니다. 금융 기사는 기자의 지식이 곧 기사의 품질입니다. 수많은 수치와 복잡한 용어를 꿰차도 실제 투자 경험이 없으면 피부에 와닿는 기사를 쓰기가 만만치 않습니다. 경제지 기자들이 MBA(경영학 석사) 공부를 많이 하는데, 변화하는 현실을 따라가기 위한 몸부림입니다. 어려운 경제 용어가 많은 기사일수록 쉽게 쓰는 일이 중요합니다. 왜냐하면 기사가 쉬워야 읽고, 읽어야 독자가 생기기 때문입니다. 경제 기사는 어려우면 아예 쳐다보지 않습니다. 제목도 다른 뉴스보다 쉬워야 읽어봅니다. 좀 어려운 '금리' 키워드로 검색한 제목을 살펴보겠습니다.

- 채권금리 급등…주담대 이자율 연 5% 초읽기
- 유로존, 디플레와의 전쟁서 사실상 승리
- 미 3월 금리 올리나? 채권값 하락에 증권사 평가손실 우려

- 미 금리인상 기대에 금융주펀드 떴다
- ECB, 주요 재융자 금리 0% 동결

금융에 관심이 있으면 쉽고, 그렇지 않으면 어렵습니다. '주담대'는 주택담보대출의 줄임말입니다. 글자 수를 줄이려고 불가피하게 쓰기 시작했을 텐데 처음엔 생소했습니다. 디플레는 어떻습니까. 중학교 때부터 많이 들어봤죠? 인플레이션과 반대되는 디플레이션. 물가가 떨어지고 화폐가치가 올라 경제활동이 침체되는 현상입니다. 유로존이 경기 침체에서 벗어났다는 기사입니다. 미국이 금리를 인상하면 증권사의 평가손실이 우려된다는 제목은 솔직히 무슨 말인지 모르겠습니다. 경제에 관심이 많지 않은 탓도 있겠지만, 한눈에 들어오지 않았습니다. 쉬운 제목이 반드시 좋은 제목이라고 볼 수 없지만, 경제 제목은 다른 분야의 제목보다 친절할 때 눈길이 가는 건 분명한 사실입니다.

디지털에서 특히 돈과 관련된 뉴스는 가독성이 높습니다. 돈 앞에 장사 없다는 말을 증명이라도 하듯, 제목에 '억'만 나와도 클릭합니다. 재테크 기사는 여기도 '억', 저기도 '억'입니다. 제목은 '억' 소리가 나지만, 돈을 벌었다는 사연을 읽다 보면 그 주인공은 대부분 기본에 충실한 사람들입니다. 공통점은 은행 예금보다 이자가 조금 높은 곳에 투자하고, 기회가 왔을 때 놓치지 않고 잡습니다. 그런 과정을 몇 차례 반복해서 정말 운이 좋으면 수십 억대 자산가가 됩니다. 아주 특별한 투자법이 있는 건 아닙니다. 로또를 바라지 않고 순간순간 최선을 다한 결과일 뿐입니다. 티끌 모아 태산이라고 할까요. 로또 당첨자가 100억대 자산가가 됐다는 뉴스가 아직 없는 걸 보면 쉽게 들어온 돈은 쉽게 나간다는 말이 맞는 듯합니다.

경제 기사 제목도 필살기가 따로 있지는 않습니다. 기본에 충실해야 합니다.

첫째, '그게 나하고 무슨 상관이야?' 하는 물음에 대답할 수 있어야 합니다. AI로 닭들이 살처분될 때 소비자들은 어디에 관심을 가질까요? 닭고기를 먹어도 되는지, 닭고기와 계란 값은 얼마나 오를지 등입니다. 'AI로 닭고기 값 통계 작성 이후 최고'라는 제목은 그런 궁금증을 풀어주는 사례입니다. 또 금리가 오르면 주택담보대출을 받은 사람들은 금리가 얼마나 오를지, 부동산 값은 오를지 떨어질지 등이 궁금합니다. 경제는 내 삶과 직결되어 있는 문제입니다. 피부에 와닿는 제목을 뽑아야 합니다.

둘째, 투자가 아닌 투기를 조장해선 안 됩니다. 물론 '잘되면 투자, 안 되면 투기'라는 말처럼 투자와 투기는 동전의 양면입니다. 그렇더라도 노골적으로 특정 지역의 부동산 투자를 권유하는 식으로 기사를 써서도 안 되고, 제목을 달아서도 안 됩니다. 부동산 기자는 건설사 홍보맨이 아닙니다. 시장 상황을 객관적으로 분석해서 보여주면 됩니다. 특정 기업에 치우친 기사를 쓰면, 기업은 자사에 유리한 기사를 보여주며 사업 전망이 밝은 것처럼 홍보에 활용합니다. 객관적으로 책임감을 가지고 써야 합니다.

셋째, 국내 경제에 영향을 미치는 국제 뉴스는 면밀하고 조심스럽게 다뤄야 합니다. 글로벌 시장경제가 되면서 지구 반대편에서 일어난 사건이 도미노처럼 연쇄작용을 일으키는 세상입니다. 예를 들어 트럼프가 미국 대통령에 당선된 이후 때처럼 환율 공포가 엄습할 때, 어떤 기사가 필요할까요? 외환 보유고는 충분한지, 달러 자산을 계속 보유해야 하는지 등을 여러 시나리오를 가정하고 종합적으로 살펴야 합니다. 또 가장 큰 영향을 받는 업종은 어디인지, 피해를 줄일 방법은 없는지, 정부 대책은 있는지 등을 친절하게 설명해줘야 합니다. 제목도 섣부르게 판단하지 말고, 민감하고 복잡한 측면을 두루 고려해서 달아야 합니다.

그 섬에 가고 싶다

거래 뜸한데도 치솟는 아파트값…현장 가보니

인천공항 '노인 피서객' 따라가보니

인천 빈집 밀집지역 숭의·주안동 가보니…

팽목항 '세월호 분향소' 마지막 르포

'방탄 굿즈' 대란…24시간 밤새워도 못샀다

흙탕에 파묻힌 라오스 "한국 구호팀은 왜 안 옵니까"

폭염속 재래시장 가보니…"이 더위에 손님 기대도 안해"

"어디로 가라는 겁니까"…출구 캄캄한 라돈침대 사태

"원전 대체 정말 가능할까"…풍력발전 현장 가보니

선거 민심 르포 "디비진다 안 카나" "우리라도 지켜야"

북미 정상회담 장소, 샹그릴라호텔 가보니

"나쁨이라고 할까?" 미세먼지 예보 과정 체험해보니…

작가 임철우의 『그 섬에 가고 싶다』는 한국전쟁이 일어난 1950년, 남해의 섬 낙월도를 배경으로 이데올로기 갈등과 화해를 그린 소설입니다. 1993년에는 영화로도 제작됐습니다. '그 섬에 가고 싶다'는 바람은 정현종 시인의 「섬」이라는 시에도 나옵니다. '사람들 사이에 섬이 있다 / 그 섬에 가고 싶다.' 이 시에서 시인은 절대 고독에 놓여 있는 사람들과 소통하기를 갈망합니다.

정현종 시인의 '섬'은 미디어에선 현장입니다. 언론에서 현장은 뉴스의 원천입니다. 현장이 없는 뉴스는 없습니다. 불이 난 곳도, 교통사고가 난 곳도 모두 현장입니다. 소설가 김훈의 표현을 빌리면, 현장은 '밥'입니다. 사람들이 먹고살기 위해 밥을 두고 벌이는 전장입니다. 현장은 팔딱팔딱 뛰는 생물입니다. 범죄 현장이나, 정치인들의 일거수일투족은 시시각각 변화하며 파장을 일으킵니다.

독자들은 직접 현장에 가보지는 못하지만 그 느낌을 뉴스로 전달받고 싶어 합니다. 사건 하나를 예로 들어보겠습니다. 2017년 3월 10일, 헌법재판소가 박근혜 대통령 파면 결정을 내렸습니다. 사회부장은 헌법재판소에 기자를 보내 선고 내용을 신속하게 취재하라고 지시하고, 헌법재판소 앞 시위대와 광화문광장 촛불집회에도 기자를 보냅니다. 방송은 실시간 중계로 숨죽인 현장을 그대로 담습니다.

신문도 선고가 내려진 순간, 인터넷 홈페이지로 뉴스를 바로 송고합니다. 정치부장은 청와대 출입 기자에게 대통령의 반응을, 정당 출입 기자에게 헌법재판소 선고에 대한 각 당의 논평을 취재하라고 지시합니다. 경제부장은 주식시장에 영향이 있는지를 살핍니다. 모두가 현장에서 어떤 일이 벌어지는지 취재합니다. 생생한 목소리가 뉴스에 담겨 신문 지면이나 방송으로 나갑니다.

현장을 담은 기사 제목은 살아 있어야 합니다. 마치 현장에 가 있는 듯한 착각을 불러일으킬 정도로 공감할 수 있어야 합니다. 탄핵 당일 뉴스 제목들을 살펴볼까요?

- 헌재 재판관 만장일치로 "박대통령 파면"
- 정세균 국회의장 "탄핵은 부끄러운 과거와의 결별"
- 탄핵 반대 집회 2명 사망
- 장시호 "최순실, 탄핵 소식 듣고 대성통곡"
- 대구 서문시장 상인들 "섭섭하지만 어쩌겠나, 법을 지켜야지"
- 해외언론 "독재자의 딸, 몰락" "박 아웃" 긴급 타전

현장 느낌이 묻어납니까? 탄핵 당일의 긴박한 상황을 담은 제목들은 엇비슷합니다. 어떤 주장을 내세우는 게 아니고 벌어진 일을 그대로 전달하기 때문입니다. 단순 스트레

이트보다 좀 더 깊이 있는 현장 르포기사 제목을 살펴보겠습니다.

- "원전사고 뒤 6년, 아직도 고향에 돌아가지 못해요"
- 썰렁해진 명동 거리…상인들 "사드보복, 심각한 수준"
- 빈병 보조금 인상 두 달…편의점 가보니
- 118층의 쾌감, 코끼리도 버틴다는데 다리는 후들후들
- 치솟는 물가에 AI까지…알바로 겪어본 위기의 치킨집
- "미국산 달걀, 신기하지만 비싸서 고민되네요"

이들 사례를 보면 르포기사의 제목은 크게 세 가지 형태로 나뉩니다.

첫째는 '~가보니' 꼴입니다. '편의점 가보니…', '알바로 겪어본…'처럼 기자가 현장에 갔다는 점을 부각한 제목입니다. 이런 제목 꼴은 왜 현장에 갔는지를 함께 보여주어야 합니다. 위의 사례로 보면, 빈병 보조금 인상 두 달이 지난 뒤 사람들의 반응이 어떤지 살피는 식입니다.

둘째는 현장에서 만난 사람의 코멘트를 그대로 인용하는 꼴입니다. 일본 후쿠시마 원전 사고가 나고 6년이 지난 시점에 당시 피해를 입은 주민들이 어떻게 살고 있는지를 다루거나, 미국산 흰 달걀을 처음 본 소비자들의 반응을 다

루며 생생한 코멘트를 다는 방법입니다.

셋째는 기자가 직접 체험해본 느낌을 그대로 전달하는 꼴입니다. '118층의 쾌감~'은 개장을 앞둔 서울 롯데월드타워를 미리 가 느낌이 어떤지를 전하고 있습니다. 투명한 유리바닥으로 된 118층 스카이데크를 걸어본 아찔한 경험을 제목으로 뽑았습니다. 가보지는 않았지만 제목만 봐도 다리가 후들거립니다. 이런 기사는 현장의 느낌을 어떻게 전달하느냐가 관건입니다. 롯데월드타워 체험은 가공할 높이의 공포에, 중국의 관광상품 판매 금지 조치로 직격탄을 맞은 한국 관광업계를 다룰 땐 불안한 측면에 초점을 두고 제목을 뽑듯이 말입니다.

* * *

현장기사에는 탐사보도도 있습니다. 어떤 사회현상이나 사건을 심층 취재해서 종합적이고 분석적으로 다루는 점에서 일반 현장기사와 다릅니다. 여러 각도에서 사건을 들여다보고 많은 사람을 취재해서 사건을 입체적으로 이해할 수 있도록 돕습니다. 연재기사 '맘고리즘을 넘어서'는 여성에게 육아를 전담시키는 알고리즘을 다각적으로 분석합니다.

- 육아는 왜 엄마의 몫인가
- 할머니 허리 휘는 독박육아 언제까지
- 워킹맘은 직장인도 엄마도 아닌 '경계인'
- 상사도 경력단절도 두렵지 않다…가장 무서운 건 '돈'
- 아이 위해 경단녀 됐는데 아이 키우는 사람 취급…전업 맘도 웁니다

육아 문제를 개인이 아닌 시스템의 문제로 접근한 기획력이 돋보입니다. 10여 차례 이어지는 르포는 매 회마다 드러낼 주제 의식을 분명히 담고 있습니다. 각각의 제목에서도 '맘고리즘'의 원인을 잘 짚고 있습니다. 위의 사례에서 보면 '할머니 독박육아', '워킹맘', '경계인', '경단녀', '전업맘' 등 제목에서 메시지가 확실히 드러납니다.

제목은 주제목을 가장 먼저 생각한 뒤 부제목이나 문패 등을 뽑아야 합니다. 의외로 문패에 주제목에 들어갈 키워드를 넣는 실수를 한 제목이 많습니다. 왜냐하면 취재기자가 기획의 큰 뼈대를 세울 때 핵심적인 내용을 목차로 뽑기 때문입니다. 이렇게 하면 목차에 말하고자 하는 메시지가 들어가서 정작 주제목에서는 빠집니다. 목차는 안내에 그쳐야 합니다. 주제목에서 하고 싶은 말을 해야 합니다. 소개팅을 한다고 생각해보죠. 첫 만남에서 제일 중요한 게 뭘

까요? 상대에게 호감을 주는 것입니다. 어떻게 하면 자신의 매력을 보여줄 수 있을까요? 자신감입니다. 자만이 아닙니다. 기사로 말하면, '정말 열심히 준비했으니 믿고 읽으셔도 됩니다'라는 자신감입니다. 자신감은 상대에게 강한 인상을 남깁니다.

주제목이 바로 첫인상입니다. '이 사람을 알고 싶다'는 마음이 들게 하는 거죠. 기사를 읽고 싶게 만드는 얼굴입니다. 물론 첫인상이 조금 불편할 수도 있습니다. 거북스러운 제목처럼. 그런데 이야기를 나누다 보니 인생관이 확실하고 삶에 자신감이 넘칩니다. 사람이 달라 보입니다. 제목 뽑기는 온갖 고생을 해서 발품 판 기사를 독자들이 꼭 읽게끔 만드는 작업입니다.

정현종 시인의 「섬」에 살짝 운을 맞추자면, 현장기사는 '숨'입니다. 갓 잡은 생선의 힘찬 몸짓입니다. 당연히 제목도 팔팔하게 살아 꿈틀거려야 합니다. 뭍으로 나온 생선은 시간이 조금만 지나면 죽습니다. 살릴 수 있는 골든타임이 있습니다. 그 안에 수족관에 넣으면 됩니다. 현장기사 제목의 골든타임은 생동감입니다. 기사 안에 있는 현장의 느낌을 그대로 전달해야 독자에게 생생하게 다가갑니다. 기사는 뜨거운 열탕인데 제목이 온탕처럼 미지근하면 허전합니다. 기사는 냉탕인데 제목이 열탕이면 거북합니다. 현장

기사가 냉철한 분석형인데 제목만 흥분하면 낯 뜨겁습니다. 제목은 기본적으로 기사에 바탕을 두어야 합니다. 때로 기사를 뛰어넘어 제목을 뽑을 수도 있지만, 기본을 익히고 응용을 하는 게 바람직합니다. 기본기 없이 응용을 잘할 수는 없습니다. 뜨거울 때 함께 뜨겁고, 차가울 때 같이 차가워야 제목 꼴이 아름답습니다.

오늘 미세먼지 어때?

밤까지 거센 소나기…내일 한증막 더위

마른하늘에 날벼락…1시간에 136차례 낙뢰

밤만 되면 쏟아붓는 '야행성 폭우'…원인은?

중북부 게릴라 호우…밤사이 200㎜ 물폭탄

한반도 전역 태풍주의보·경보…솔릭 머무는 12시간 '고비'

전국 대부분 폭염 경보…서울 37도

섭씨 42도…US오픈은 폭염과의 전쟁

올여름 '앵~' 소리 안 들리네…모기도 폭염에 헉헉

서울 영하 14도 올 겨울 최강 한파 온다

71년 만에 가장 빨리 한강이 얼었다

올봄 최악 황사…미세먼지 농도 평소 6~7배

"숨 쉬고 싶다" 중국발 황사에 미세먼지 나쁨 '최악'

황사 이어 스모그 유입…마스크 챙기세요

날씨는 삶과 떼려야 뗄 수 없습니다. 성경 속 노아의 방주 이야기는 예로부터 홍수가 공포의 대상이었음을 짐작케 합니다. 사극을 보면 왕들이 비가 안 내려 기우제를 지내는 광경이 등장합니다. 이때 왕은 '짐의 부덕 탓이다'라고 자책합니다. 가뭄은 하늘이 왕에게 내리는 경고이자 형벌이라고 생각한 탓입니다. 날씨 이야기는 고대부터 현대에 이르기까지 무궁무진합니다. 살아가는 데 날씨가 중요한 변수 가운데 하나였던 겁니다. 농경 사회일수록 날씨는 삶과 아주 밀접합니다.

요즘은 출근 전 날씨 확인이 일상입니다. 미세먼지 농도를 확인하고, 마스크를 챙겨야 하는지 살핍니다. 날씨는 텔레비전 아침 뉴스에서 가장 신경 쓰는 코너입니다. 대부분의 뉴스는 전날 밤에 다룬 내용이고, 새로운 뉴스는 국제 기사와 당일 아침 날씨 정도입니다. 기상 캐스터들은 아침 첫 방송을 내보내기 위해 새벽에 현장으로 나가 생생한 날씨를 담습니다. 옷차림을 보면 그날 날씨가 어떤지 알 수 있습니다.

한 방송국의 '눈사람 기자' 일화는 유명합니다. 중부지방에 대설주의보가 내려진 날이었습니다. 생중계로 뉴스를 내보내는데, 기자의 머리 위로 하염없이 눈이 내리는 겁니다. 뉴스 중이라 눈을 털 수도 없는 상황에서 1분 가까이 마이크를 들고 보도하다 보니 눈이 하얗게 기자를 덮었습니다. 안쓰럽기도 하고, 우습기도 한 상황이 영상으로 돌고 돌아 그날 뉴스토픽 상위에 올랐습니다. 태풍이 몰아치는 날에 비옷 하나 걸치고 바닷가에서 뉴스 중계를 하는 모습은 아슬아슬합니다. 휘몰아치는 바람에 서 있는 기자가 날아갈 것 같습니다. 덕분에 중계를 보는 시청자들은 텔레비전 화면에 비친 거대한 풍랑을 생생하게 느낍니다.

날씨 기사는 계절에 따라 소재가 다릅니다. 봄에는 황사가 잦을지, 여름에는 기온이 몇 도까지 올라갈지, 가을엔 단풍이 언제쯤 시작되는지, 겨울엔 첫눈이 언제 올지가 뉴스입니다. 황사와 관련된 제목들을 한번 찾아봤습니다.

• 황사 준비 빨라졌다…마스크·세정제 판매 급증
• '봄의 불청객' 중국발 미세먼지 한반도 공습
• 위생용품부터 가전제품까지…황사야 물렀거라
• 돌아온 황사의 계절, 호흡기 건강 요주의!

황사와 미세먼지가 몰아치는 봄엔 날씨가 변두리 뉴스가 아니라 주요 뉴스가 됩니다. 제목에도 공포심을 담은

'공습'이란 표현이 등장합니다. 또 귀신을 쫓아내듯 '황사야 물렀거라'며 주문을 외웁니다. 황사가 몰고 온 초미세먼지는 호흡기 질환자나 노약자 건강에 치명적이고, 우리 삶 전체에 악영향을 끼칩니다. 오죽하면 '황사 마케팅'까지 나왔을까요. 마스크 제조 회사가 돈을 버는 계절입니다.

제목에서 황사 마케팅, 어떻게 하면 눈길을 끌까요? 일단 사진을 크게 쓰면 좋습니다. 그 위에 사진 제목을 짧게 붙여주면 됩니다. 신문이나 디지털 영역에서 날씨 자체만으로는 큰 뉴스가 되기 힘듭니다. 대신에 사진은 시각적 효과가 큽니다. 백문이 불여일견입니다.

포털에서도 날씨는 늘 많이 본 뉴스 상위를 차지합니다. 정치·경제·사회·문화·스포츠 기사와 어깨를 나란히 합니다. 사람들은 경우에 따라 어떤 날은 정치 뉴스를, 어떤 날은 사회 뉴스를 많이 봅니다. 이에 비해 날씨 뉴스는 꾸준히 상위권을 유지합니다. 별로 볼 사람이 없을 것 같은데, 왜 이렇게 많이 볼까요? 보편성에 있습니다. 지위의 높고 낮음도, 돈의 많고 적음도, 남녀노소도 가리지 않습니다. 그냥 밥 먹는 것처럼 일상의 한 부분입니다. 햇볕이 따뜻하면 바깥에서 해바라기하고 싶고, 크리스마스엔 눈이 꼭 왔으면 하는 설렘이 다르지 않습니다. 어릴 적 소풍 가기 전날 '내일 비가 안 왔으면······' 하는 마음과 비슷합니다. 음악을 듣고 느끼는 감정이 비슷한 것처럼 날씨도 그렇습니다.

날씨 기사의 제목은 독자들이 피부로 느끼도록 뽑는 것이 좋습니다. 어떻게 하면 체감지수를 높일 수 있을까요? 여름철 날씨 기사 제목에 많이 쓰는 표현은 '가마솥', '찜통', '펄펄', '불볕' 등입니다. 폭염에 푹푹 찌는 상황이 마치 가마솥과 찜통이 펄펄 끓는 것과 같아서 '가마솥더위', '찜통더위'라고 빗대어 씁니다. 체감지수가 높습니다. 어떤 느낌인지 바로 옵니다. 겨울엔 '꽁꽁', '눈폭탄'과 같은 표현을 많이 사용합니다. '꽁꽁'이 조금 식상한 표현이라면, '눈폭탄'은 폭설의 몇 배 강도로 다가옵니다. 최근 들어서는 애니메이션 영화 제목을 그대로 빌려 '겨울왕국'을 자주 쓰곤 합니다. 눈 덮인 '설국'의 느낌입니다.

온도를 직접 써서 체감지수를 높이기도 합니다. 한여름 폭염이 최고점을 찍을 때 '영천 39도, 올 들어 가장 뜨거웠다'처럼 제목을 답니다. 수치를 보여주는 것 자체가 폭염의 강도를 말해줍니다. 겨울 한파도 비슷합니다.

• 올겨울 최강한파에 체감온도 영하 20도

제목 글씨에 고드름이 달릴 것 같습니다. 이처럼 온도는 극한의 더위나 추위를 설명할 때 유용합니다. 온도를 제목에 쓸 때 주의할 점이 있습니다. '전국 큰 일교차 주의…낮엔 포근 서울 12도' 같은 예입니다. 온도가 12도라는데, 어느 정도인지 감이 오지 않습니다. 평균 범위에 있는 온도는 제목으로 의미가 없습니다. '낮엔 포근'까지만 써도 족합니다.

날씨 표현은 생활 뉴스에 국한되지 않습니다. 정치 기사에도 '태풍', '미풍', '후폭풍' 같은 표현을 씁니다.

• 김종인 탈당, 태풍의 눈 될까 찻잔속 태풍 그칠까

• 반기문 귀국, 대선판에 태풍 될까

• 박근혜 탄핵 불복 후폭풍

벌판에 부는 바람이 아니라 정치적 바람입니다. 경제 기사에도 종종 등장합니다.

• G6 바람, 태풍인가 미풍인가

• 감원 태풍

스포츠 기사에 많이 쓰는 표현으로 '번개'가 있습니다.

'번개' 하면 우사인 볼트가 떠오릅니다. 다른 선수보다 볼트한테 '번개'라는 애칭이 잘 어울리는 까닭은 전압을 나타내는 볼트와 번개가 의미적으로 잘 통하기 때문입니다. 볼트도 이름에 걸맞게 금메달을 딸 때면 꼭 번개 세리머니를 합니다.

많이 쓰는 표현으로 '소나기'가 있습니다. 연속해서 내리는 소나기처럼 어떤 일이 계속 연이어 진행될 때 주로 씁니다.

- 울산, 18개 소나기 슈팅에도 무득점
- KT 연일 소나기 안타…3연승의 힘
- 트럼프 소나기 피하자…외환 곳간 채우는 신흥국
- 소녀상 대응 안팎서 소나기 펀치

변덕스런 날씨엔 상황에 맞는 옷을 준비해야 합니다. 아침저녁에는 추웠다가 낮에는 더운 환절기에 얇은 옷을 여러 개 입듯 제목도 기사 내용에 따라 옷을 바꿔 입습니다. 이때 제일 중요한 것은 무엇이 바뀌었는지 재빨리 아는 것입니다. 새로운 팩트를 알아야 제목을 정확하게 뽑을 수 있습니다. 기사는 무더위인데, 제목이 쌀쌀한 아침 날씨에 머물러 있으면 난감합니다. 흐름을 따라가야 합니다. 보통 밤에 야근할 때 많이 발생하는데, 저녁 6시에 마감한 기사와 밤 10시에 출고한 기사는 내용이 다릅니다. 무엇이 변화했는지 얼른 파악하는 일이 야근자의 몫입니다. 야간에는 시간이 촉박해 빠르게 대처해야 합니다. 디지털도 마찬가지입니다. 속보 대응 능력이 빨라야 합니다. 남들 다 쓴 기사를 몇 시간 뒤 홈페이지에 걸어봤자 손님이 뜸합니다. 비 올 때 우산을 팔아야 하는데 파라솔을 파는 격입니다. 물 들어올 때 노를 저어야 배가 빨리 멀리 갑니다. 모든 일엔 때가 있습니다. 제목도 마찬가지입니다.

* * *

어휘력이 풍부하면 제목을 다양하게 변주할 수 있습니다. 표현력이 좋은 편집자는 단어를 맛깔나게 써 읽는 맛을 줍니다. 기사와 잘 어울리면서도 묘한 끌림이 있습니다. 그런 편집자를 보면 부럽기만 합니다. 언어적 감각이 뛰어난 편집자는 빛이 납니다. 반면 노력으로 감각을 다듬은 편집자는 한 계단 한 계단 더디게 올라갑니다. 조금 느려 보이지만 상대적으로 기복이 심하지 않습니다. 천재는 1퍼센트의 영감과 99퍼센트의 땀으로 만들어진다고 에디슨이 말했죠. 편집에 재능을 보인다는 건 결국 99

퍼센트의 노력이라고 생각합니다. 영감만 믿고 게으름을 피우면 좋은 편집자가 되기 힘듭니다. 편집에 방귀 좀 뀐다는 사람들을 보면 하나같이 부지런합니다. 모든 신문을 쭉 살펴보고, 스크랩할 건 따로 모으고, 매일 지면을 비교하며 장단점을 분석합니다. 하루 이틀이 아니고 오랜 세월 꾸준히 지속합니다. 시간이 쌓이는 만큼 남이 넘보지 못하는 경지에 오릅니다. 노력한 결과입니다. 이런 편집자가 많은 조직은 편집의 힘이 강하고, 다른 언론보다 경쟁력이 있습니다.

디지털 영역도 편집 역량을 발휘할 공간이 많습니다. '선수'들이 놀 운동장이 넓어지고 있습니다. 편집자들도 열린 자세로 변화를 바라보았으면 좋겠습니다.

중국에서 고농도 황사가 몰려오면서 6일 오후 서울을 비롯한 수도권 일부 지역에 미세먼지 경보가 발령됐다. 이에 따라 이날 저녁 열릴 예정이던 프로야구 세 경기가 취소됐다.

서울시는 이날 오후 6시에 각각 미세먼지(PM10) 농도가 2시간 이상 300㎍/㎥을 초과하자 전역에 미세먼지 경보를 발령했다. 인천시와 경기도는 앞서 오후 4시에 인천 강화, 경기 북부, 경기 동부 지역에 미세먼지 경보를 발령했다.

한국프로야구위원회(KBO)는 이날 오후 6시30분부터 서울 잠실구장, 경기 수원케이티위즈 파크, 인천 에스케이행복드림구장에서 열릴 예정이던 프로야구 세 경기를 취소했다. 1982년 프로야구 출범 후 미세먼지로 경기가 취소된 것은 처음이다. 잠실구장이 있는 서울 송파구의 미세먼지 농도는 오후 6시 현재 426㎍/㎥로 측정됐다. 수원케이티위즈파크의 미세먼지 농도는 291㎍/㎥, 인천 SK행복드림구장의 취소 당시 미세먼지 농도는 306㎍/㎥였다.

환경부는 정부세종청사에 중앙황사대책상황실을 설치하고, 유관 기관과 해당 지자체에는 매뉴얼에 따라 학교 실외수업·야외활동 금지와 하교 안전관리, 어린이집 등 취약계층 피해방지조치, 실외근무자 보호구 착용, 항공기 운항안전 점검 등 대응조치에 나설 것을 요청했다. 〈한겨레, 2018.4.6〉

문제적 남자

'캡틴 키' 시대 가고, '캡틴 손' 시대 열렸다

'손'도 못 써보고 당할 순 없잖아

'신'의 한 수

물 먹은 '물 펀드'…술 취한 '와인펀드'

삼시세끼는 옛말? 성인 58% "삼시두끼"

아빠를 부탁해? 내 딸을 부탁해!…'세습' 부추기는 예능

올여름 날 찾지마! 잠수탈 테니~

단체장 비리의혹 수사 뭉갠 '경찰 내부자들'

우리 동네 이름 쓰지마!…범죄도시 이미지 낙인에 발끈

국가대표 '판타스틱 4' 브리티시여자오픈 총출격

'겨울왕국' 된 여름 광화문

중국판 '왕의 남자' 왕치산의 화려한 부활

어설픈 '그 놈 목소리' 잡혔다

「문제적 남자」라는 텔레비전 프로그램이 있습니다. 상식이나 난센스 퀴즈가 아니라 난이도가 높은 수학 문제 등을 논리력과 사고력으로 푸는 프로그램입니다. 일반적이고 평범한 접근법과 전혀 다르게 사고해야 풀 수 있는 문제가 많습니다. 그래서인지 창의력이 뛰어난 패널이 문제 해결력이 좋습니다. 프로그램 제목에 들어 있는 '문제'는 두 가지 의미로 쓰입니다. Question과 Problem. 우리는 '문제적 남자'라는 문구에서 관습적으로 후자의 의미를 떠올립니다. 무슨 문제가 있는 남자 이야기인가? 하지만 프로그램을 시청해보면 전자의 의미로 쓰였다는 것을 알게 됩니다. 바로 그 점을 노린 것입니다. 일상에서 많이 쓰는 단어의 중의적 의미가 제목에서 재미를 줍니다. 그러고 보니 프로그램 속 문제들도 제목과 닮았습니다. 얼핏 평범해 보이지만 다르게 바라봐야 풀 수 있는 문제가 대부분입니다. 뒤집어 생각해야 출제 의도가 보입니다. 이런 유형의 프로그램 제목으로 '비정상회담'이 있습니다. 정상正常적이지 않은 회담? 아니면 정상頂上이 아닌 사람들의 회담? 아무래도 후자의 의미로 썼을 텐데, 프로그램 취지로 볼 때 전자의 뜻으로도 읽힙니다.

흔히 이런 중의적 표현은 시에서 많이 씁니다. 고찬규 시인의 시입니다. '손짓이며 발짓 / 그 어떤 몸짓이나 옷

음 / 심지어 / 아주 드물게 보이는 눈물까지도 / 과장이
다'(「김과장」), '회의는 계속되고 있다'(「회의」), '바람이 불
때마다 / 바람과 불만을 털어놓았다'(「떠나가지 않는 배」).
직장인의 애환이 묻어납니다. '과장, 회의, 바람' 같은 중
의적인 단어가 시에 들어가니 참 맛깔납니다. 시인을 언
어의 연금술사라고 부르는 이유를 알 것 같습니다.

동요에도 우리말의 맛을 잘 살린 노래가 있습니다. 태
교음악으로 많이 쓰는 「나무」 중 일부입니다. '가자가자
감나무 / 오자오자 옻나무 / 가다보니 가닥나무 / 오자마
자 가래나무 (…) 십 리 절반 오리나무 / 열아홉 다음엔 스
무나무 (…) 빠르구나 화살나무 / 바람 솔솔 소나무'. 나
무 이름의 특징을 잘 잡아내어 노랫말로 만드니 이해하
기도 쉽고 흥겹습니다.

언어유희는 말의 고유한 맛을 잘 살릴 때 빛이 납니다.
반대로 너무 심하면 말장난으로 비쳐집니다. 아재개그가
대표적입니다. 새로 들어온 직원에게 '새로 들어왔어?
난 가로로 들어왔어'라거나, 친구에게 '조기 축구 즐긴다
고? 난 굴비 축구해'라는 식입니다. 실소를 짓게 합니다.
언어유희는 허를 찔러 카타르시스를 느끼게 하고, 말장
난은 그냥 썰렁할 뿐입니다. 그런데 유희와 말장난은 종
이 한 장 차이입니다. 같은 말도 개그맨이 하면 재미있는

데, 평소 무뚝뚝한 사람이 하면 주변이 얼음이 되는 경우를 종종 봅니다. 수용자의 태도도 중요합니다. 수용자가 마음을 열고 받아들일 준비가 되어 있으면 성공합니다.

보통 스포츠 기사 제목에서 선수의 이름을 따 재미있게 표현하곤 합니다.

• FA시장 '한송이' 꽃이 피었습니다

'얼짱' 배구선수로 알려진 한송이 선수의 FA 관련 기사에 쓰인 제목입니다. 정치 기사에서는 안철수 씨 이름을 중의적으로 표현한 제목이 많이 회자되는 편입니다. 정치적 이유 때문에 물러설 때면 '또 철수하나' 같은 제목이 붙습니다. 안철수 씨로서는 이름 때문에 곤욕을 치르는 것이지요. 반기문 전 유엔 사무총장도 대선에 뛰어든 뒤 애매모호한 태도 때문에 '반반'이란 수식어가 달렸습니다. 당사자 입장에선 기분 좋은 표현이 아니지만, 독자 입장에선 상황에 딱 맞아떨어지면 재치 있다고 받아들입니다. 인격을 침해하는 경우가 아니라면 공인으로서 감수해야 할 부분입니다.

SNS를 많이 사용하며 설화舌禍를 겪은 정치인들이 있습니다. 한 국회의원이 '병신년 가고 정유년 온다'는 트위터 글로 누리꾼들의 비판을 받았습니다. 장애인과 여성을 비하하는 표현으로 읽혀서죠. 재미있게 패러디하려는 의도였겠지만 적잖은 사람들이 불쾌감을 느꼈습니다. 이때 최선의 방법은 빨리 사과하는 것입니다. 그러면 순간적인 실수로 받아들입니다. 머뭇거리거나 버틸수록 실수가 아닌 확신에 차서 한 발언으로 생각합니다. SNS는 예민한 공간입니다. 작은 불씨가 큰 산불로 번지기에 좋은 토양입니다. 언어유희가 누리꾼들에게 어떻게 받아들여질지 글을 쓴 뒤 살펴야 합니다.

언어유희를 살린 재치 있는 제목 하나를 살펴볼까요?

• 월드컵 '독불장군'은 없다

이 제목은 무슨 의미일까요? 독불장군은 누구를 지칭하는 것일까요? 눈치 빠른 축구팬이면 대충 짐작하실 겁니다. 바로 독일과 프랑스를 일컬어 '독불獨佛장군'으로 빗댔습니다. 이 제목이 재치 있다고 생각한 까닭은 의미가 통해서입니다. '독불장군' 하면 흔히 남 눈치 안 보고 고집스런 태도를 가리키는데, 독일과 프랑스가 월드컵에서 강력한 우승 후보로 분류됐기 때문에 가능한 제목입니다. 제목이 말장난처럼 보이지 않으려면 독자와 손뼉

이 맞아야 합니다.

봄이 되면 문화면에서 많이 쓰는 제목 중에 '꽃불'이란 표현이 있습니다. '꽃불이 활활', '진분홍 꽃불 타오르는 봄 산', '선홍빛 꽃불…온 산에 불이야' 등입니다. 봄이 되면 철쭉과 진달래가 온 산을 붉게 물들이는 풍경을 '꽃불'이라고 표현했습니다. 단어를 잘 쓰면 멋스러움이 묻어납니다.

뉴스 제목을 시인같이 뽑으면 감각 있다는 소리를 듣습니다. 감각이 있으려면 받아들이는 사람과 공감하는 것이 중요합니다. 아재개그가 비호감인 이유는 젊은 사람들이 공감하지 않기 때문입니다. 공감은 정서의 공유입니다. 직장인을 소재로 한 고찬규 시인의 시에서 직장인들이 공감하는 것은 '맞아, 나도 그런 기분이 들 때가 있었지'라며 고개를 끄덕이기 때문입니다. 쓰는 사람은 언어적 유희를 노리고 표현했는데 정작 읽는 사람이 '뭔 소리야?'라는 반응을 보이면 실패작입니다. 제목도 마찬가지입니다. 편집자가 뽑은 제목이 아무런 감흥이 없으면 언어유희는 독백일 뿐입니다. 말의 맛을 살린 제목의 세계는 무궁무진할 것 같지만 막상 제목을 뽑으려 하면 쉽게 착상이 떠오르지 않습니다. 눈길을 사로잡는 제목은 번뜩하며 떠오릅니다.

언어유희를 세련되게 표현하는 방법이 있을까요? 식상하게 보이지 않는 노하우가 있을까요?

먼저, '간지 나게' 제목을 뽑으면 반응이 좋습니다. '뻔'하지 않고 '펀fun'하게 말이죠. 남들 하는 걸 따라하면 주목을 받기 힘듭니다. '올 여름 날 찾지 마…잠수 탈 테니~'라는 제목만 보면 언뜻 사람들과 접촉하지 않고 숨는다는 의미로 짐작됩니다. 기사를 읽어보면 잠수가 그 의미가 아니고, 진짜 바다로 잠수한다는 원래 의미로 쓰였습니다. 사진과 함께 쓰인 지면을 보면 편집자의 감각이 느껴집니다. 입말로 흔히 쓰는 잠수의 의미를 백팔십도 뒤집은 재치가 돋보입니다. '설탕 小탕작전'이란 제목도 재미있습니다. 설탕 과잉 섭취가 문제가 될 때 썼는데, 시의적절하면서도 위트가 넘칩니다.

둘째, '줄사표…출사표'처럼 느낌이 있는 제목입니다. 공직자들이 사표를 내고 출사표를 던진 현상을 글자 하나만 바꿔 썼는데, 느낌이 확 옵니다. 비슷한 제목 형태로는 '대박인 줄 알았는데 쪽박', '직구 하다 호구 될라' 등이 있습니다. 이렇듯 조응하는 말은 적재적소에 쓰면 기사를 잘 반영하면서도, 요즘 말로 느낌적인 느낌을 줍니다.

연습문제 : 기사의 제목을 달아보세요

성인 10명 가운데 6명은 하루에 두 끼만 먹는다는 조사 결과가 나왔다.

15일 취업포털 잡코리아와 아르바이트포털 알바몬이 최근 직장인과 대학생 2275명을 대상으로 진행한 설문조사를 보면, '하루 평균 몇 끼를 먹느냐'는 질문에 '두 끼'라는 응답이 전체의 58.8%로 가장 많았다. 세 끼라고 밝힌 응답자는 30.1%였고, 한 끼라는 답도 9.1%에 달했다. 이 밖에 네 끼 이상이 1.0%, 한 끼도 먹지 않는다는 답은 0.9%였다.

저녁식사에 대해서는 전체의 67.8%가 '거의 챙겨 먹는다'고 밝혀 가장 많았고, 일주일에 3~4회(18.1%)가 뒤를 이었다. 거의 먹지 않는다(8.6%)와 일주일에 1~2회(5.5%)라는 응답도 적지 않았다. 일주일 중에 가족과 저녁식사를 하는 횟수는 2회(20.1%), 3회(17.0%), 1회(16.2%)라는 응답이 비슷하게 나왔다. 특히 한 끼도 가족과 먹지 않는다는 응답률이 15.5%에 달해 매일 같이 먹는다는 응답(10.4%)보다 더 많았다. 응답자들의 일주일 평균 가족 저녁식사 횟수는 2.7회로 집계됐다.

가족과 저녁을 같이 먹지 못하는 이유로는 '업무·과제가 너무 많아서'(31.9%), '가족과 떨어져 살아서'(29.1%), '각자 저녁식사를 해결하는 분위기라서'(24.4%), '회사·학교가 너무 멀어서'(19.4%) 등으로 나타났다.　　　　　〈한겨레, 2017.6.15〉

쉿, 비밀이야

'출산 쇼크' 한국…출산율 1위 해남군 비결은?

하반기도 '보릿고개' 전망…8년래 최저 '고용 쇼크' 왜

'국회 특활비' 판도라 상자 열렸다…수령액 1위 누구?

이스터섬 모아이 석상 돌 모자 비밀 풀렸다

애플이 구형 아이폰까지 업그레이드하는 진짜 이유

그 많던 고래고기 식당은 어디로 갔나

복약지도 '식후 30분'의 비밀

CCTV 영상에 소리가 없는 이유, 아세요?

'○○대학교' 실검의 비밀…대딩들의 '수강신청 전쟁' 참전기

이승우 세리머니의 비밀

이 마을이 행복한 마을로 선정된 이유는?

공사장 주변 '건물 붕괴' 왜 잦나

단역배우 자매 장례식, 9년 만에 치른 이유

누군가 "쉿!" 하면 주위 사람들은 금세 주목합니다. 귀를 쫑긋 세우고 눈을 마주칩니다. 그때 정말로 새롭고 비밀스런 이야기면, 듣는 사람들은 심장이 콩닥콩닥합니다. 언론에서 단독 보도, 특종은 뉴스가 공개되기 전까지 비밀 유지가 생명입니다. 기자가 세상을 뒤흔들 특종을 잡기란 하늘의 별 따기입니다. 한 번도 특종을 못한 기자가 더 많습니다. 게다가 요즘은 정보가 유통되는 속도가 빨라서 더더욱 힘들어졌습니다. 단독이라고 보고하고 취재를 시작했는데 저녁 8시 뉴스에 버젓이 같은 내용이 보도되는 경우도 있습니다. 취재원을 철석같이 믿었는데 씁쓸합니다. 그렇다고 상대 언론사를 나무랄 일은 아니지요. 내용을 훔쳐서 보도했다면 모를까, 열심히 취재한 것을 두고 탓할 일은 아닙니다.

2002년 한·일 월드컵 때의 일입니다. 월드컵과 같은 대형 이슈가 터지면 기자들은 주로 상대 팀의 전략을 분석하고, 그에 맞설 우리 팀 전략을 취재해 기사를 씁니다. 먼저 상대 팀의 스트라이커, 경계 대상 1호를 지목합니다. 또 감독을 만나 포메이션을 4-4-2로 할지, 1-3-4-2로 할지 취재해 씁니다. 그런데 핵심적인 전술은 철저히 봉인되어 있어서 취재하기 어렵습니다. 이게 노출되면 경기는 하나 마나겠지요. 상대 팀이 두 눈 시퍼렇게 뜨고 언론에 어떤 보도가 나오는지 지켜보고 있는데, 비밀을 내어줄 리가 없지요. 감독도 두루뭉술하게 말할 뿐 전술을 세세하게 밝히지 않습니다.

모든 기자가 경기에 집중할 때, 다른 뉴스 하나가 나왔습니다. 한 언론사에서 박지성 선수 관련 보도를 했습니다. 박지성 선수의 초등학교 시절 일기장을 구해서 쓴 기사였습니다. 축구 기술을 익히면 일기장에 그림을 그려가며 복습하고, 자신의 꿈을 국가대표라고 적은 내용이었습니다. 될성부른 나무는 떡잎부터 다르다는 말을 증명이라도 하듯. 취재기자의 발품이 느껴졌습니다. 박지성 선수를 인터뷰할 수 없으니 가족을 통해 간접적으로 이야기를 끄집어냈습니다. 그것도 일기장을요. 시기와 내용 면에서 특종으로 부족함이 없었습니다. 개인의 극히 내밀한 이야기를 독점해서 쓴 게 오래 기억에 남았습니다. 이런 비밀 이야기는 사람들의 호기심을 충족시켜 인기가 많습니다.

연예인 스캔들을 수시로 터뜨리는 언론이 있습니다. 남녀 스타가 사귄다는 사진 한 장으로 일파만파 파란을 일으킵니다. 포털 실시간 검색어를 순식간에 도배합니다. 관련 뉴스가 불길처럼 번집니다. 스타의 '은밀한 사생활'을 알고 싶어 하는 대중의 관음증이 활활 타오릅니다. 이후 확인되지 않은 가짜 뉴스가 꼬리에 꼬리를 물고 이어집니다. 황색

저널리즘, 옐로 페이퍼가 기승을 부립니다. 디지털 부서는 팩트 확인 없이 Ctrl+C, Ctrl+V 하느라 바쁩니다. 사생활 봉인이 풀리며 취재 윤리도 땅에 떨어집니다. 비밀은 지켜져야 아름다울 때도 있습니다.

언론의 특성상 비밀을 취재해야 할 때가 많습니다. 권력 감시와 국민의 알 권리 때문이지요. 1972년 미국의 워터게이트는 대표적인 사례입니다. 대통령 재선에 도전한 닉슨 대통령 측이 상대 당인 민주당 전국위원회 사무실에 도청 장치를 설치하다 발각된 사건이었습니다. 단순 절도 사건으로 정리되던 중 〈워싱턴 포스트〉에 전화 한 통이 걸려옵니다. '진상은 그게 아니다.' 그때부터 본격적인 취재가 시작됩니다. 칼 번스타인과 밥 우드워드 기자가 취재를 하는데, 역시 은밀한 비밀을 캐내기가 만만치 않았습니다. 포기하지 않고 끝까지 매달린 끝에 닉슨 측의 조직적인 음모를 밝혀냅니다. 이 사건으로 닉슨은 미국 역사상 최초로 재임 중에 사임한 대통령이라는 오명을 얻었습니다. 미국에 워터게이트가 있다면, 우리에겐 최순실 게이트가 있었습니다. 박근혜 전 대통령과 최순실이 국정을 농단한 사건입니다. 결국 이 사건으로 박근혜 대통령은 탄핵을 당합니다. 그 과정에는 언론의 집요한 추적 보도가 있었습니다. 국민들은 해당 언론에 박수를 보냈습니다.

두 사건의 공통점이 있습니다. 권력은 진실을 감추려고 합니다. 의혹이 제기될 때마다 부인합니다. 그럴수록 기자들의 취재는 바빠집니다. 빠져나올 수 없는 핵심 증거와 증언을 취재합니다. 권력은 늪에 빠지고, 결국 두 손 듭니다.

최순실 게이트처럼 대형 특종은 디지털엔 호재입니다. 독자들이 자발적으로 언론사 홈페이지에 몰려듭니다. 자고 나면 터지는 뉴스를 뒤쫓느라 바쁩니다. 트래픽도 폭발적으로 늘어납니다. 최순실 게이트가 터진 뒤 언론사 홈페이지의 트래픽이 한때 두 배 이상 늘어났습니다. 신문이 특종을 터뜨리고, 디지털이 잘 정리해 서로에게 도움이 되었습니다. 이 사례는 인터넷뉴스 소비가 늘어나면서 생존을 고민하는 언론에 시사하는 바가 큽니다. '디지털 퍼스트, 신문은 베스트'일 때 시너지가 크다는 교훈입니다.

비밀주의는 신비주의 전략입니다. 2000년 '선영아 사랑해'라는 광고가 있었습니다. 버스는 물론 주요 번화가에 플래카드를 내걸고 사랑 고백을 했습니다. '선영이는 누구고, 사랑을 고백한 주인공은 또 누굴까' 하는 대중의 관심이 폭발적이었습니다. 업체명도 없고 제품명도 없는 이 티저 광고를 한 업체는 여성 전문 콘텐츠 제공 업체로 드러났습니다. 일부에서 '사랑팔이'라는 비판도 있었지만, 광고는 성공적이었습니다. 광고 카피처럼 제목에도 신비주의 전략이 통할 때가 있습니다.

- 미각과 시각 사로잡는 곳, 너의 이름은…
- 베테랑이라면 '빨대' 서너 개는 있어야지
- 남쪽으로 튀어!
- '그놈 목소리' 5명 공개

무슨 내용의 제목인지 아시겠습니까? 모두 영화 제목이 들어 있습니다. 알 것도 같고, 모를 것도 같습니다. 첫 번째와 세 번째 제목은 여행 관련 기사에 붙었습니다. 두 번째는 정보원을 뜻하는 '빨대'라는 은어를 써서 영화 「베테랑」의 콘셉트와 잘 어울렸습니다. 네 번째 '그놈 목소리'는 보이스피싱 관련 기사에 달았는데, 감각이 돋보입니다. 100퍼센트 신비주의라고 할 수는 없지만 '뭐지?' 하는 호기심을 불러일으킵니다.

또 다른 예는 그야말로 들키면 안 되는 상황을 묘사한 경우입니다.

- 우리끼린 쉿!…충북 공직자윤리위 처분 비공개 논란
- 성희롱 의혹에 눈 감고 '쉿!'…S여중 교장 3개월 정직
- 쉿! 후배들 모르게…신입생 단체대화방에 숨어있는 선

배들

- 쉿! 비밀이야…선생님의 무차별 폭행에도 말 못하는 아이들

은밀함이 묻어납니다. 공개되면 큰일 날 일을 숨기려고 하는 비밀이 엿보입니다. '쉿'이란 단어가 풍기는 특성입니다. 사실 비밀스런 제목은 시선을 잡으려는 욕구가 강합니다. '둘만의 비밀을 알려줄게' 하는 강렬한 눈짓입니다. 키가 다 비슷비슷할 때 오히려 마스크를 쓴 친구가 돋보이는 것과 비슷합니다.

'수강신청 전쟁'이라고 들어보셨나요? 학기 초가 되면 포털 사이트에 '○○대학교'가 인기 검색어에 오르는 일이 흔합니다. 대학들은 학교 전산시스템을 이용해 선착순으로 수강신청을 받습니다. 이른바 '꿀강'을 잡으려는 학생들이 수강신청 사이트가 열리는 시간에 맞춰 '광클'을 합니다. 자연스럽게 수강신청 당일엔 학교 누리집을 찾아가느라 포털 검색창도 바빠집니다. 난데없는 대학 이름 인기 검색어 등극의 전말입니다. 이렇게까지 수강신청이 치열해진 이유는 무엇일까요? 일부 학생들은 자칫 수강신청과 수강신청 정정 기간에 졸업에 필수적인 과목을 잡지 못하면 계절학기를 듣거나 휴학을 하고, 최악의 경우 한 학기를 더 다녀야 하는 사태가 발생한다고 합니다. 도대체 왜 이러는 걸까요? 왜 같은 일이 몇 년째 학기 초마다 반복되는 걸까요? 〈한겨레TV〉 세상의 한 조각 '원:피스'팀이 수강신청 전쟁을 벌이는 대학생들의 이야기를 들어보았습니다. 〈한겨레, 2018.9.6〉

뉴스 키우는 키워드

'쌍둥이 1등' 강남 여고 시험지 유출 의혹 수사 착수

'붕괴위기' 상도유치원 내일 철거시작

가시지않는 '라돈침대 공포'

'궁중족발' 사장, 살인미수 면했다…1심 징역 2년6월

안전진단 받은 BMW 520d 또 불

'송도 불법주차' 캠리 차주, 결국 경찰에 입건

'국민연금 보험료율 30% 폭등' 주장이 난센스인 이유

7월 전기요금 고지서 '폭탄 요금' 없었다

'사법농단' 영장 기각·기각·기각…사유가 기가 막혀

주52시간 도입, 연합 수습기자 하루 얼마나 달라졌나

강진 여고생 '아빠친구'가 살해…사인은 못 밝혀

언론 장악부터 의원 구속까지…계엄문건 나왔다

뉴스는 흐름입니다. 일회성 뉴스도 있지만, 대부분의 뉴스는 연속성을 띱니다. 세상을 떠들썩하게 하는 뉴스일수록 추가 보도가 이어집니다. 새로 발굴한 따끈따끈한 뉴스들이 신문과 방송에 나옵니다. 대형 사건이 터지면 어제 무슨 기사가 나왔는지 모를 정도로 기사량이 폭발적으로 늘어납니다. 편집자들은 큰 뉴스가 터지면 지면의 연속성을 주기 위해 뉴스를 한마디로 표현할 단어를 고민합니다. 그게 키워드입니다. 키워드를 뽑을 때 가장 중요한 건 무엇일까요? 대표성입니다. 뉴스의 곁가지가 아니고 핵심을 관통하는 단어여야 합니다. 키워드만 듣고 '아, 그 뉴스!' 하고 바로 알아야 합니다. 키워드는 이름일 수도 있고, 사건일 수도 있고, 사물일 수도 있습니다. '최순실 게이트'는 인물이 사건을 설명하는 키워드겠죠. '#미투'는 남성의 여성에 대한 성적 폭압을 폭로하고 저항하는 의미로 쓰입니다. 키워드를 잘 뽑으면 사건의 성격이 한눈에 들어오는 효과를 볼 수 있습니다.

키워드는 장황하면 안 됩니다. 압축해야 합니다. 가장 짧은 단어로 사건의 핵심을 짚어야 합니다. '살충제 계란', '가습기 살균제', '세월호', '탄핵', '블랙리스트' 등과 같은 사례입니다. 키워드만 보고도 무슨 뉴스인지 아시겠죠? 흐름이 쭉 이어지는 뉴스는 제목에 가능하면 키워드를 넣어야 합니다. 그래야 기사의 연속성을 한눈에 확인할 수 있고, 포털에서 검색할 때 노출될 확률이 높아집니다.

신문이야 컷도 있고, 문패도 있고, 사진 이미지도 있습니다. 주제목에서 키워드가 없어도 다른 장치로 뉴스의 성격을 보완할 수 있습니다. 이에 비해 디지털은 아무래도 제한적입니다. 앞에서 설명했듯 한 줄 제목으로 승부해야 하는 인터넷뉴스 시장에서는 20자 안팎으로 맥락과 뉴스를 보여줘야 합니다. 새로운 내용도 담아야 하고, 어떤 뉴스의 후속 기사인지 알리려면 제목 한 자 허투루 낭비할 수 없습니다.

속보가 주로 유통되는 디지털에서 키워드를 잘 뽑아놓으면, 신문·방송이 따라하는 경우를 종종 봅니다. 인터넷뉴스를 다루는 사람들이 자부심을 느낄 만한 부분입니다. 하지만 디지털 현실에서 1초라도 빨리 페이지에 올리기 위해 작업하다 보면 고민할 시간이 없죠. 디지털에서는 시간차로 트래픽이 몇만 명 움직입니다. 한눈에 쏙 들어오는 제목이면 금상첨화지만 그렇지 않으면 빨리 출고하는 게 낫다는 현실론을 외면하기 어렵습니다.

그래도 편집자라면 제목으로 승부해보겠다는 욕심이 있어야 합니다. 그렇지 않으면 빨리 지칩니다. 신세 한탄만 하고 있어서는 발전이 없습니다. 첫 1보를 받아봤는데

'대어'라는 직감이 올 때가 있습니다. 출고 부서에선 '단독' 표시를 붙여 중요한 뉴스임을 알립니다. 편집자가 맨 먼저 할 일은 키워드를 찾는 것입니다. 완결성은 떨어져도 키워드를 담은 제목을 구성해야 합니다. 노른자 없이 흰자만 있는 달걀을 내놓을 수는 없습니다. 1보는 제목이 좀 성기고 길어도 키워드를 찾는 일이 제일 중요합니다. 그다음에 천천히 기사를 뜯어보고 완결적인 형태로 재조립하면 됩니다. 두 번째 작업을 소홀히 하면 제목을 성의 없이 달았다는 지적을 받습니다.

키워드를 놓치지 않으려면 뉴스의 흐름을 쫓고 있어야 합니다. 어디까지가 보도된 내용이고 새로운 뉴스인지 구별할 줄 알아야 합니다. 인터넷뉴스 편제가 잘 이뤄진 언론이야 담당하는 영역이 구분되어 있지만, 그렇지 않으면 손이 비어 있는 사람이 일을 처리합니다. 이런 경우는 뉴스가 어디까지 진행됐는지 몰라 헤맬 때가 많습니다. 그러다 보니 키워드가 부제에 들어가는가 하면, 주제목이 길을 잃고 헤매기도 합니다. 이럴 때 긴급 처방약이 있습니다. 기사의 첫 문장입니다. 기사 쓰기를 배울 때 제일 먼저 하는 것이 첫 문장, 바로 리드입니다. 전체 기사를 이끄는 문장입니다. 일반적으로 리드는 기사의 핵심을 담고 있으니 잘 압축해서 제목 키워드로 활용하면 됩니다. 취재기자가 직접 취재한 내용을 잘 파악하고 있으니 최소한 엇나가지는 않습니다. 한 가지 경계할 점은 제목을 길게 다는 것입니다. 길게 단 제목은 아무리 멋진 표현이라도 임팩트가 떨어져 주목을 받지 못합니다. 포털에서도 너무 긴 제목은 꺼립니다.

키워드를 잘 뽑는 비법이 있을까요? 꼭 피해야 할 부분을 알려드리는 게 더 도움이 될 수도 있겠습니다. 어느 기사의 제목입니다.

• 서구청 노조, 시간제 임기제 채용규탄 철야농성 돌입

가장 큰 실수가 무엇일까요? 지역이 특정되지 않은 것입니다. 전국에 서구청이 한두 곳이 아닌데 그냥 서구청이라고 하니 도대체 어디를 말하는지 알 수가 없지요. 또다른 예입니다.

• 추미애 유감 표명…야당, 임명동의 표결 참여

이 제목에선 '무엇'이 없습니다. 무엇 때문에 유감을 표명했는지 알 수 없습니다. 또 '누구'의 임명 동의에 표결하는지도 생략됐습니다. 다른 뉴스를 보지 않은 채 이 기사

만 읽는 독자는 이해하기가 쉽지 않습니다. 하나 더 살펴볼까요.

• 국정원, 윤이상 고향 통영시에 압력 넣었다

역시 비슷합니다. 어떤 압력을 넣었는지가 없습니다. 모두 제목이 불완전한 형태입니다. 1보가 아닌 후속 보도라도 어떤 내용에 대한 기사인지 암시할 단어를 넣어야 합니다. 추미애 기사 제목의 경우, '추미애 땡깡 발언 유감…야, 김명수 인준안 표결 참여' 식으로 표현해야 합니다. 위의 사례로 알 수 있듯, 제목에서 장소가 중요한 경우에는 장소를, 대상이 중요한 경우에는 대상이 반드시 들어가야 합니다. 그 부분이 바로 핵심 키워드이기 때문입니다.

* * *

인터넷이 지금처럼 발전하기 전에는 신문을 보려면 집이나 사무실에서 구독하거나, 지하철역이나 버스 정류장 가판대에서 구입해 읽었습니다. 기사도 기사지만, 한 줄 제목으로 독자들을 들었다 놨다 하던 시절이었죠. 제목의 품격이 곧 신문의 품격이던 때였습니다. 적확한 단어 하

나 선택하는 데 긴 시간을 들여 고민했습니다. 지금은 뉴
스가 넘쳐서인지 제목을 빨리빨리 뽑는 추세로 변화하고
있습니다. 그만큼 고민할 시간이 부족합니다. 기사를 쓰
는 데 들이는 시간도 마찬가지죠. 기자들의 노동 강도가
높아지는 만큼 기사와 제목의 완성도는 떨어집니다.

그때나 지금이나 변하지 않은 부분이 있습니다. 신문이
건 인터넷뉴스건 상품이라는 점입니다. 마트에 있는 수많
은 상품 사이에서 경쟁력을 가지려면 어떻게 해야 할까
요? 음식이라면 무엇보다 맛있어야 합니다. 근데 모양만
보고 맛을 알 수 없으니 시음 행사를 합니다. 맛보기입니
다. 먹어보고 맛있으면 사고, 아니면 안 사도 된다는 겁니
다. 뉴스도 마찬가지입니다. 제목은 맛보기 상품입니다.
소비자들은 맛보기 상품으로 살지 말지를 결정합니다. 제
목의 키워드는 바로 맛보기 상품의 핵심인 맛입니다. 키
워드를 잘 뽑아야 독자들이 기사를 읽을 맛이 납니다.

서울 강서구에서 특수학교 건립을 두고 주민 반대로
갈등을 겪고 있는 사건이 있었습니다. '무릎 꿇은 학부모
의 호소'라는 제목으로 사진과 함께 보도됐습니다. 장애
아를 둔 학부모들의 절절한 마음이 와닿았습니다. 보도
이후에 비슷한 사례가 또 있었습니다. 그 기사의 제목은
'동해 특수학교도 3년째 발 묶여…'무릎 호소'라도 해야

하나요'입니다. 앞의 보도에서 '무릎 호소'라는 키워드를 가져와 사용한 예입니다. 다시 한 번 특수학교 학부모들의 애타는 마음이 전달됐습니다. 키워드는 사건의 핵심을 요약하는 것도 중요하지만 희로애락까지 담을 때 더 큰 감흥을 줍니다.

때론 엉큼하게

"애들은 가라~" 중장년 사로잡은 유튜브, 뭘 보고 왜 볼까

동창회의 목적, 그 목적이 아니라니까요

통의동 보안여관 왜 핫한가 했더니

이래도 안 넘어와?

열대야 날릴 '야한' 축제

그때도 '안 하던 짓'…지금 해야겠어

'끈적한' 관계는 싫지만 직접 만나요, SNS 대신 여기서

"손님, 사진촬영 안됩니다…'핫'해지기 싫어요"

첫경험을 한 번 더!

VR을 켜자 뜨거운 속살의 향연이 펼쳐졌다

옷깃만 스쳐도 아~

'죽여주는 여자'가 필요합니까?

단어마다 고유한 향이 있습니다. '시큼'이란 말만 들어도 침이 고입니다. '동치미' 하면 시원한 국물이 절로 떠오릅니다. '엉큼'이란 단어에서는 어떤 느낌이 떠오르나요? 뭔가 바르지 못하고 의뭉스럽다는 생각이 듭니다.

국어사전을 찾아봤습니다. '[형용사] 1. 엉뚱한 욕심을 품고 분수에 넘치는 짓을 하고자 하는 태도가 있다. 2. 보기와는 달리 실속이 있다.' 그런데 '[관용구]'를 보니 '속이 시커멓다'는 쓰임새가 있습니다. 일상에서 본뜻보다 더 많이 써서 아마 관용구로 분류하지 않았나 싶습니다.

80년대에는 비디오 가게가 있었습니다. 지금이야 컴퓨터가 보급되어 보고 싶은 영화를 다운받으면 되지만, 80년대엔 비디오테이프를 빌려 영화를 봤습니다. 당시 비디오 가게에 가면 B급 영화가 꽤 있었습니다. 극장에서 어떤 영화가 인기를 끌면 예외 없이 몇 달 뒤 비슷한 제목의 B급 영화가 쏟아졌습니다. 대부분은 엉큼한 영화들이었습니다. 영화 내용과 전혀 상관없이 잘나가는 영화 제목을 베낍니다.

「애마부인」이란 영화가 유명세를 타자 온갖 부인들이 등장했습니다. 제목을 변주하는 솜씨가 놀라웠습니다. 에로틱한 상상을 불러일으켜서 안 보고는 못 배기게 만드는 기막힌 '제목 장사'였습니다. 비디오방이란 곳도 있었으니 제목만 잘 뽑으면 수입이 쏠쏠했을 것입니다. 그런 영화 제목들은 내용과 상관없이 호객 행위를 잘하기 위한 수단이죠. 뉴스 제목과 다른 점입니다.

뉴스 제목은 사실에 근거합니다. 엉뚱한 추측을 불러일으키는 제목은 달 수 없습니다. 그렇다고 숨 막히게 메마르고 건조한 제목만 있다면 누가 신문을 보고, 인터넷뉴스를 클릭할까요. 사막에 오아시스가 있듯 제목에도 샘물이 있어야 합니다. 한번 살펴볼까요.

- 통의동 보안여관 왜 핫한가 했더니
- 까만 밤, 뜨거운 욕망
- 추우면 더 쫄깃, 거시기 하당게
- 벗겨야 사는 사람들…까는 건 내가 최고

제목만 보면 뭔가 낯 뜨거운 상황이 연상되는데, 기사는 아주 건전(?)합니다. 너무 노골적으로 들이대면 낚시성 제목으로 지탄받겠지만, 적절한 수위로 조절하면 기사를 접한 뒤 입가에 미소가 번집니다. 감각적으로 제목을 뽑았다고 양해하는 것이지요.

이때 중요한 건 독자와의 호흡입니다. 독자들이 납득하고 고개가 끄덕여지는 수준이어야지, 너무 나가면 안 하느니만 못한 결과가 나옵니다. '잘 쓰면 약, 못 쓰면 독'이 이런 경우입니다. 신문이야 디지털보다 더 정제되고 제약하는 요소가 많아 자주 쓰지 못하지만, 디지털은 상대적으로 쓰임새가 넓습니다. 제목 하나로 독자들의 눈길을 잡아야 하죠. 음흉하지 않고 엉큼하게 뽑는 일, 생각보다 쉽지 않습니다. 경계선이 모호하니 한마디로 정리하기가 어렵습니다. 위에 언급한 사례로 하나씩 살펴보겠습니다.

• 통의동 보안여관 왜 핫한가 했더니

제목의 키워드는 '여관'입니다. 여관이 주는 에로틱한 느낌이 있습니다. 사실 이 제목의 기사는 갤러리로 변모한 보안여관을 소개하고 있습니다. 그런데도 눈길이 가는 이유는 여관이란 단어가 주는 묘한 분위기가 한몫합니다. 여기서 그치면 좀 아쉬웠을 텐데, 뒤에 '핫'이란 단어가 느낌을 확 살려줍니다. 여관에 핫이라고 붙여놓으니 뭔가 타는 듯한(?) 느낌을 전달합니다. 그렇습니다. 단어마다 어울리는 조합이 있습니다. '은밀' 하면 '유혹'이 따라오듯 말입니다.

• 까만 밤, 뜨거운 욕망

이 제목도 비슷합니다. 제목만 봐도 욕망이 넘실댑니다. 제목이 직접적이어서 그런 느낌이 더 강합니다. 이 기사는 에로 비디오의 역사를 담고 있는데, 은유적으로 표현하지 않고 직설적으로 제목을 뽑았습니다. '까만', '밤', '뜨거운', '욕망' 모두 이글거립니다. 조합이 어울리기는 한데 한두 단어는 은유적으로 표현했으면 어땠을까 싶습니다. 유혹하는 제목은 직설적인 것보다 보일 듯 말 듯해야 더 호기심을 자극하니까요.

• 추우면 더 쫄깃, 거시기 하당게

꼬막 기사에 달린 제목입니다. 벌교라는 지역적 특성에 맞춰 사투리를 쓰고, 맛의 특징을 살려 단어를 골랐습니다. 조정래의 소설 『태백산맥』에는 거시기한 의미로 쓰였는데, 아마 거기서 착안한 것 같습니다. 여행이나 맛 기사엔 사투리를 써도 거부감이 좀 덜합니다. 언론이 표준어를 지키는 데에 약간 예외적인 부분이 바로 여행과 맛 기사입니다. 지역마다 고유한 색깔이 있는데, 여행이나 맛 제목에 사투리를 쓰면 더 감칠납니다. 전라도에서 쓰는

'거시기'는 한마디로 딱 정리하기 힘들거나 단어가 떠오르지 않을 때 쓰는데, 어떤 단어와 어울리느냐에 따라 느낌이 제각각입니다. 이 제목에서 거시기는 묘하게 엉큼하게 느껴집니다.

• 벗겨야 사는 사람들…까는 건 내가 최고

'벗겨야' 뒤에 '까는 건 최고'를 붙여놓으니 묘한 연상을 하게 합니다. 대체 무슨 기사일까요? TV 프로그램 「생활의 달인」에 나오는 '까기 달인'들을 다룬 기사입니다. 새우는 기본이고 미더덕까지 순식간에 까는, 그야말로 입이 쩍 벌어지게 하는 달인들이 등장합니다. 에로틱한 제목이지만 기사를 보고 나면 제목을 단 편집자의 감각에 미소를 짓습니다.

위의 제목들은 사실에 근거했는데 약간 비트니 느낌이 아주 다릅니다. 툭 까놓고 모든 걸 다 전달하는 제목은 시원하기는 한데 그다음이 없습니다. 스트레이트 기사 제목이야 정통으로 가는 것이 맞지만, 좀 가볍게 읽을 기사들까지 힘을 줄 필요는 없습니다. 기사에 공감할 제목이라면 형식은 좀 파괴해도 괜찮습니다. 제목을 진중하게만 뽑는 게 정석이 아닙니다. 그렇다고 낚시성 제목을 뽑으라는 말이 아닙니다. 기사와 전혀 상관없는 낚시 제목과는 구별해야 합니다. 핵심이 아닌 곁가지를 부각하거나, 성적인 단어만 의도적으로 강조하는 것은 언론의 윤리적 측면에서도 피해야 합니다. 특히 요즘처럼 성범죄가 늘어나 사회문제로 이슈가 될 때는 더욱 조심하고 삼가야 합니다. 제목에서 과도한 성적 단어를 써서 성폭력을 호기심으로 접근하지는 않는지 경계해야 합니다.

* * *

어릴 때 소설을 읽다 보면 풋풋한 사랑을 묘사한 대목이 나옵니다. 설레서 손잡기도 망설이고, 멀리서 바라만 보아도 심장이 콩닥거리는 짝사랑 구절이 있습니다. 그 대목을 처리할 때 한번에 밀어붙이지 않고, 독자의 상상력을 자극하며 스토리를 끌어갑니다. 결론이 싱겁게 끝나더라도 충분히 만족합니다. 책을 읽는 동안 다음에 벌어질 일을 상상하며 즐길 수 있어서입니다. 제목도 비슷합니다. 여유가 있어야 합니다. 숨 돌릴 틈이 있어야 독자들이 덜 부담스럽게 상상하며 기사를 읽습니다. 제목에서 다 보여주면 맛이 떨어집니다. 제목의 역할은 기사의 길라잡이입니다. 기사를 이끄는 데 충실해야 합니다. 엉큼한 제목은 이런 역할에 충실합니다. 다 보여주지 않고 상상력을 자극하는 데 제격입니다. 엉큼하다는 두 번째 사전적 의미가 '보기와는 달리 실속이 있다'죠? 엉큼한 제목에 딱 맞는 말입니다. 실속 있는 제목입니다.

수가 나오는 수

30평대 아파트가 30억…천장 모르는 서울 집값

국민연금 '재설계 논의' 위해 꼭 알아야 할 5가지

폭염 12:0 태풍…재난적 고기압에 갇힌 한반도

4년간 한국 2 vs 일본 18…태풍이 열도로 가는 까닭은

2000억弗 vs 600억弗…물고 물리는 관세폭탄

16:8 마법…8시간은 맘껏 먹어도 석 달 후 체중 3% '실종'

데이터 20GB가 1만원대…통신비 다이어트 전쟁

당신이 백종원에 대해서 그동안 잘 몰랐던 7가지

iOS12의 새로운 기능 5가지

점점 증가하는 파킨슨병, 알아야 할 4가지

49개월간 한 달도 안 쉬고 오른 서울 집값

1000㎜ 물폭탄

수와 떨어져 살 수 있을까요. 시간 보기부터 물건 구매, 은행 거래까지 우리 삶은 수와 떼려야 뗄 수 없습니다. 버스, 지하철을 타려 해도 몇 번 버스인지 몇 호선 지하철인지 알아야 합니다. 시험을 보면 몇 점인지, 몇 등인지 모두 수로 표시됩니다. 헤아릴 수 없습니다. 키워드 '100'으로 책 제목을 검색해봤습니다. 3만 권이 넘는 책이 나왔습니다. 초등학생 참고서부터 재테크, 인문서까지 분야를 가리지 않고 '100'을 키워드로 한 제목이 쏟아집니다. 어떤 심리일까요? 어렸을 때부터 100점을 강요받은 교육 때문일까요, 아니면 수와 함께 진화해온 인류 문명사의 DNA가 핏속에 흐르고 있기 때문일까요? 이유는 분명하지 않지만 우리가 수와 떨어져 살 수 없다는 사실만은 분명합니다.

뉴스 제목에도 수가 종종 등장합니다. 뭔가 요약해주는 느낌이 강해 수와 함께 제목을 달면 트래픽이 높은 편입니다. 어느 포털의 랭킹 뉴스를 찾아봤습니다.

- 최대 40% 싼 추석연휴 역귀성 KTX 승차권 나온다
- 전국서 공회전 집중단속…과태료 5만원
- 닌텐도 스위치 12월 출시…가격은 36만원

수가 들어간 제목이 손쉽게 검색됩니다. 이 제목들은 돈과 관련된 정보를 주고 있습니다. 수가 들어간 다른 형태의 제목도 있습니다.

- 애플 아이폰X 입수 어려운 3가지 이유
- 대상포진에 대해 알아야 할 5가지
- 대장암 이기는 생활수칙 10가지
- 전원생활 노하우 100가지

일명 '○○가지'형 제목입니다. 수가 등장한 제목의 장점은 바로 읽고 싶은 충동이 강하다는 점입니다. 꼭 알아야 할 것 같고, 보지 않으면 안 될 것 같은 압박을 느낍니다. 강한 욕구입니다. 숫자가 들어간 책 제목이 왜 그렇게 많은지 이해됩니다.

수가 들어가는 제목이 끌리기는 하지만, 모든 기사에 수를 넣을 수는 없습니다. 아무런 이유 없이 수를 집어넣는 건 무리수입니다. 기사에 첫째, 둘째, 셋째 등으로 구분되어 있으면 손쉽게 쓸 수 있습니다. 물론 편집자가 볼 때 기사의 핵심을 몇 가지로 분류해서 독자의 이해를 도울 수 있으면 중요 대목을 뽑아 '○가지' 형태의 제목을 쓰는 게 좋습니다.

또 수가 의미 있어야 합니다. 새로운 기기가 나오면 제품의 성능과 함께 가격이 가장 궁금합니다. 그때는 가격이 핵심 정보입니다. 아파트를 사려는 구매자 입장에서도 제일 중요한 게 가격입니다. 은행에서 대출을 받는 입장에서는 이자가 몇 퍼센트인지, 또 금리가 오르면 얼마나 오르는지가 가장 궁금합니다. 수가 정보성이 있으면 제목에 반드시 들어가야 합니다.

- 당신의 스마트폰이 조기 사망하는 5가지 이유
- 돈 한 푼 없이 200억 건물 사는 법
- 2만원 치킨 시대…웃는 자는 따로 있다

어떠세요, 이 제목만 보고 기사를 읽고 싶은 생각이 듭니까? 만약 고개가 끄덕여진다면 궁금해서입니다.

수의 대비를 통해 제목을 돋보이게 하기도 합니다. '8000원에 파는 평창 2000원권, 제작비용은 겨우 200원' 제목입니다. 평창올림픽을 앞두고 2,000원권 기념지폐를 만들었는데, 제작비가 액면가의 10분의 1에 불과하다는 내용을 담고 있습니다. 투자가치로 매입을 하는 사람이 있어 높은 가격대로 판매한다지만 비싸다는 느낌이 강합니다.

물가 기사도 수가 빠지지 않는 대표적 기사입니다.

- 4000원 애호박에 기겁…2500원 오이 보고 식겁
- 채소 가격 고공행진…시금치 65% 배추 61% 급등

제목을 보면 심상찮은 가격 오름을 알 수 있습니다. 물가 기사는 올랐다 내렸다보다 얼마나 오르고 내렸는지가 더 관심사입니다. 반드시 증감을 보여줘야 합니다. 그런데 위의 두 제목 중 어느 제목이 더 와닿습니까? 수치를 나타내는 단위가 하나는 '원'이고, 하나는 '퍼센트'입니다. 장단점이 있을 텐데, 앞 제목은 평상시 채소 가격을 대충 알고 있는 독자라면 너무 올랐다는 느낌이 확 옵니다. 물론 퍼센트로 표기할 때 체감지수가 높아지는 경우도 있습니다. 두 번째 제목을 '배추 한 포기가 1000원에서 1610원으로 올랐다'라고 표기했다면 좀 복잡하고 한눈에 들어오지 않았을 것입니다. 어느 하나가 정답일 수는 없습니다. 그때그때 기사에 따라 더 체감할 수 있는 쪽을 선택하면 됩니다.

스포츠 기사 제목에도 수가 많이 들어갑니다. 수가 들어간 제목은 극적인 결과를 압축적으로 보여주는 효과가 큽니다.

- 1:7 → 8:7 9회말 대역전극
- 다저스 또 졌다…73년만에 11연패 수모

희비가 교차합니다. 한쪽은 역전해 기쁘고, 다른 한쪽은 11연패 늪에 빠져 우울합니다. 스포츠 경기는 승패에 따라 희비가 극명하게 갈립니다. 위의 역전극 기사 제목처럼 그냥 '대역전극'이라고 표현하기보다 극적인 점수의 변동을 보여주는 것이 훨씬 더 독자에게 가까이 다가갑니다. 다저스 경기 제목처럼 자주 있지 않은 상황이 빚어지면 얼마나 오랜만에 벌어진 일인지 강조해주는 것이 좋습니다. 그래야 독자들이 '어, 그래?' 하고 기사를 읽어볼 마음이 듭니다. 개인 기록이 관심사일 땐 한 경기 한 경기가 '빅 경기'입니다. 2003년 삼성라이온즈의 이승엽 선수가 아시아 홈런 신기록을 향해 질주하던 때의 일입니다. 홈런 신기록을 세울 수 있을지가 모든 야구팬의 관심사였습니다. 신기록까지 남은 홈런 개수가 언론의 관심사였고, 홈런을 칠 때마다 모든 언론의 스포츠면 톱을 장식했습니다. 이때는 홈런 한 개 이상의 의미입니다. '1'이 단순한 1이 아닌 것이지요.

메르스 사태 때도 비슷했습니다. 취약한 감염 방어막을 뚫고 호흡기 질환이 번져 38명이 숨졌습니다. 한 달 넘게 사건이 진행되며 매일 언론에선 사망자 수의 증가가 가장 큰 뉴스였습니다. 사망자 수의 변동이 곧 메르스 확산 여부를 가늠하는 잣대였기 때문입니다. 당시 뉴스 제목을 보면 '또 사망'이 자주 등장합니다. 이때 한 명은 평상시 한 명보다 굉장히 무거운 의미를 갖습니다. 교통사고로 한 명이 사망했다면 뉴스에 나오지 않지만, 이때는 한 명 사망의 가치가 다릅니다. 사망자가 더 늘어날 수 있다는 불안감이 퍼지는 바로미터가 될 수 있으니까요. 이처럼 수가 들어가는 뉴스도 보도 가치에 따라 천양지차입니다. 이때 수는 아라비아숫자 이상입니다. 모두 소중한 목숨이지만, 사건의 파장이 클수록 사망자의 뉴스 가치가 달라집니다.

수는 직관적으로 다가옵니다. 수가 갖는 장점입니다. '아파트 값이 많이 올랐다'라고 표현하기보다 '아파트 값이 1억 원 뛰었다'라고 쓰는 게 더 직관적입니다. 복잡한 통계 기사일수록 간명하게 핵심을 보여주는 수치를 뽑아내면 좋습니다. 기사를 쓸 때부터 독자가 가장 알기 쉽게 썼다면 금상첨화입니다.

수의 함정도 있습니다. 일종의 착시 현상인데, 수가 사실을 왜곡해서 보여주는 경우입니다. 2017년 6월 면세점 매출이 늘어났다는 기사가 있습니다. 알고 보니 2016년

도에 신규 면세점들이 입점하면서 비롯된 일이었습니다. 단순히 면세점 매출만 보면 증가한 것이 맞는데, 내막을 들여다보니 신규 면세점 진입 때문이었습니다. 결국 전체 면세점 매출은 늘어났지만 개별 면세점 매출은 줄어들었습니다. 이런 부분을 간과한 채 겉으로 드러난 통계로만 보고 기사를 썼다간 사실을 왜곡하기 십상입니다. 통계의 착시가 있지는 않은지 잘 들여다봐야 합니다. 분명한 점은, 수를 쓰면 독자들의 반응이 빠르고 뜨겁다는 사실입니다.

소방관은 늘 후끈

"16개월 쌍둥이 두고…" 소방관 빈소에 조문행렬

화마와 사투 벌이는 '컵라면 소방관'

남동공단 화재현장 '지친 소방관들'

훈련 뒤 사망한 소방관 아내의 '국민청원'

구해줬더니 폭행…베테랑 소방관 사망

문 대통령 부부의 눈물…세 소방관 하늘로 떠내보내던 순간

사지 내몰린 예비 소방관…산재보험도 없다

맞는 소방관 한해 80명…소방관 눈물 닦아줄 방법 없나

이틀에 한번꼴로 매 맞고, 정신과 상담받고…소방관 잔혹사

차마 "내 아버지 먼저 구해야" 말 못한 소방관 아들의 눈물

한국 노르딕스키 사상 첫 메달…'신'이 응답했다

휠체어 장애인 "저가항공 비행기는 안 태워 준다네요"

디지털에서 소방관은 뜨거운 소재입니다. 화재 현장의 화염에 견줄 수는 없겠지만, 디지털에서 소방관 뉴스는 늘 '핫'합니다. 화재를 진압한 뒤 쉬고 있는 사진 한 장에도 누리꾼들은 광적으로 클릭합니다. 쪼그려 앉아 컵라면을 먹는 모습에 애잔한 댓글을 답니다. 화재 현장에서 불의의 사고로 유명을 달리할 땐 함께 슬퍼하고 눈물을 흘립니다. 디지털 편집자들은 소방관 뉴스가 올라오면 예감합니다. 오늘 홈페이지가 뜨겁겠구나. 어떤 연유인지 딱히 설명하지 못해도 오랜 경험에서 나온 감입니다. 왜 다른 직종보다 유독 소방관 뉴스에 민감하게 반응할까요? 무엇이 독자들을 끌어들이고 있는지, 그걸 알 수 있다면 다른 뉴스도 읽히게 할 수 있지 않을까요?

먼저, 슈퍼맨 효과입니다. 슈퍼맨은 위험에 처한 시민을 어디선가 날아와 구출합니다. 소방관도 비슷합니다. 화재 현장은 기본이고, 아이가 난간에 끼었을 때나 가족 중 누군가가 아플 때 부를 수 있는 사람입니다. '119'만 누르면 금세 달려와 응급 상황을 재빨리 해결해줍니다. 늘 친근하게 불평 없이 슈퍼맨처럼 위기에서 구출해줍니다. 우리에게 소방관은 슈퍼맨입니다.

둘째, 불가침 영역입니다. 댓글을 보면 다른 기사들과 차별점이 있습니다. 욕설이 없습니다. 기사 댓글의 일반적인 경향성과 다릅니다. 안타깝고 고마운 마음이 있어선지 훈훈한 댓글이 많습니다. 가장 고생하는 곳이라고 느끼기 때문입니다. 위험 직종에 해당하는 곳이 많지만 소방관처럼 늘 위험을 달고 사는 직업은 많지 않습니다. 위험하지만 빛이 나지 않는 직업도요. 화재 현장에서 숨진 소방관 이야기는 그래서 안타까움을 더합니다. 젊은 소방관부터 정년을 앞둔 소방관까지. 험지에서 일하는 직업적 특성을 알기 때문에 악성 댓글이 범접할 수 없습니다.

셋째, 대우가 열악합니다. 화재 진압용 장갑이 부족해 사비로 충당하는 기사는 폭발적 분노를 일으킵니다. 국가를 위해 희생하는데 국가는 제대로 대접을 해주지 않습니다. 정당한 대우를 받지 못하는 겁니다. 불합리하다고 느낍니다.

그럼 위의 공식을 디지털 기사에 대입해볼까요. 비슷한 기사들을 잘 발굴하면 디지털 기사를 많이 보지 않을까요? 슈퍼맨 같은 사람을 발굴하면 됩니다. 용감한 시민상을 받는 사람들이 있습니다. 목숨을 던져 사람을 구한 의인들도 있습니다. 모두 영웅들입니다. 삶이 각박할수록 영웅을 찾습니다. 언론사 페이스북에서 폭발적 인기를 끌었던 뉴스에는 이런 유형이 많습니다. 관련 피드글입니다. '자동차 판매 일을 하던 고 김정민 씨는 고속도로 위에 고장 나 멈

쥐 있는 운전자를 돕기 위해 차에서 내렸다', '불나자 27명 대피시킨 보육교사…소방관도 감탄'.

장애인 이야기도 훈훈한 댓글이 많습니다. '키 90cm 이정훈 씨, 장애 극복하고 교사', '희귀난치병 앓는 김영웅 씨 아이스버킷' 같은 기사는 디지털에서 큰 감동을 준 기사였습니다. 어려움을 극복한 사연이 있거나, 사이다 발언으로 속을 후련하게 한 사연의 주인공들이었습니다. 어려움을 극복한 인생의 주역들은 늘 디지털에서 뜨거운 화제를 모읍니다.

'을'들의 외침도 제법 읽힙니다. 특히 청년들이 뜨겁게 반응합니다. 경험을 공유하고 있기 때문입니다. 아르바이트하며 겪은 서러운 감정이 이입되어 '갑질'을 다룬 기사에 공감합니다. 이런 기사들은 SNS에서 빠르게 공유되며 순식간에 포털 실시간 검색어에 오릅니다.

소방관형 소재가 디지털에서 왜 뜨거운지 아시겠죠? 이런 유형의 제목은 어떻게 뽑는 게 좋을까요?

- 아들아, 화마 없는 곳에서 편히 잠들렴
- 지켜주지 못해 죄송합니다…눈물의 영결식
- 소방관들의 눈물은 누가 닦아주나
- 또 가슴 울린 소방관

제목을 보면 감성적입니다. 화재 진압 중 자식 잃은 부모, 동료들의 슬픈 느낌이 전해옵니다. 독자들이 공감할 감성적인 제목이 대부분입니다.

반면 장애인 기사는 제목에 너무 감정이 들어가는 걸 피하는 게 좋습니다. 신체적 장애를 강조하기보다 휴먼 스토리에 초점을 맞춰야 합니다. 잔잔한 감동을 주는 기사는 너무 앞서기보다 뒤에서 조명을 비추는 정도에 그치는 편이 효과적입니다.

- 시각장애 판소리 신동이 들려준 심청가
- 프로댄서 꿈 이룬, 키 121cm 장애여성의 성공기
- 5년 만에 땅 위로 나오는 광화문역의 장애인들

물론 차별받는 장애인들의 실상을 다룬 기사는 내용에 충실해야 합니다. 여전히 사회적 편견과 벽 앞에 좌절하는 일이 많기 때문입니다.

소방관처럼 뜨거운 기사가 있습니다. 유명인의 자살입니다. 이유야 어떻든 사람들이 충격에 빠집니다. 무슨 사연이 있어 극단적인 선택을 했는지 궁금증을 불러일으킵니다. 매우 조심스런 취재 영역에 속합니다. 슬픈 유족을 취재하기는 쉽지 않습니다. 감정이 격해져 있어 접근하기가

어렵습니다. 자연스럽게 얘기하도록 기다려주고, 들어주는 일이 전부입니다. 보통은 경찰서 취재로 유서 내용 등을 알 수 있습니다. 거기서 멈추면 다른 기사와 차이가 없어 더 깊은 이야기를 들으려면 주변인들을 취재할 수밖에 없습니다. 친구나 동료들이죠. 주의할 점은, 자살 기사를 다룰 땐 사실만 써야 합니다. 추정 기사는 금물입니다. 제목도 마찬가지입니다. 감정을 철저히 배제하고 건조하게 제목을 뽑아야 합니다. 사람들이 죽음을 가벼이 여기지 않도록 표현에 신경 써야 합니다. 죽음이 개인적 문제에 그치지 않고 사회적·구조적 문제에서 비롯됐다면 분석해줘야 합니다. 소설가 마광수 씨가 2017년 9월 자살했습니다. 많은 언론이 대표작인『즐거운 사라』제목을 넣어 부음 기사를 다뤘습니다. 마광수 씨처럼 유명 작가의 부음 제목은 그 사람이 쓴 책 제목에서 따오는 경우가 많습니다.

- 토지 박경리 선생 타계
- 서편제 소설가 이청준 타계
- 소풍 끝내고 하늘로 돌아간 천상병 시인

음악가도 비슷합니다.

- 샹송의 음유시인 무스타키 타계
- 음유시인 조동진 별세

뜨거운 가슴과 냉철한 이성이라는 말이 있습니다. 모든 제목이 그렇지만, 편집자는 늘 감성과 이성의 경계에서 줄타기를 합니다. 조금만 독자의 정서와 어긋나도 비판을 피할 수 없습니다. 소통 능력이 편집자의 중요한 자질인 이유입니다. 소통하지 못하면 엉뚱한 제목이 나갑니다. 독자의 입장에서 제목을 달아야 하는 편집자가 독자의 마음을 읽지 못하면 제목에 아무런 느낌이 없습니다. 소방관이나 사회적 약자를 다룬 기사의 제목을 뽑을 때는 독자의 마음에서 출발해야 합니다. 함께 안타까워하고, 분노하고, 기뻐해줘야 합니다. 마치 가족처럼. 그래야 독자의 마음을 움직일 수 있습니다. 편집자가 감정이 없는데 독자들이 공감할 리 없습니다. 일을 하다 보면 감정이 메마를 때가 많습니다. 훈훈한 기사보다 비판 기사가 많은 언론의 속성 때문입니다. 계절이 바뀌면 계절을 느끼고, 시집도 읽고, 음악도 듣고, 뮤지컬도 보며 감성을 채워야 합니다. 보이지 않는 노력이, 시간이 흐르면 경쟁력이 됩니다.

매혹적인 인터넷뉴스의 모든 것

제목 하나 바꿨을 뿐인데

펴낸날 • 초판 1쇄 2018년 12월 17일
　　　　초판 2쇄 2020년 5월 27일

지은이 • 김용철

펴낸곳 • 봄의정원
출판등록 • 제2013-000189호
주　소 • 03935 서울시 마포구 월드컵북로 260, 31-309(성산동)
전　화 • 02-337-5446
팩　스 • 0505-115-5446
이메일 • eunok9@hanmail.net

ISBN 979-11-87154-79-2 03800

이 도서의 국립중앙도서관 출판예정도서목록(CIP)은 서지정보유통지원시스템 홈페이지(http://seoji.nl.go.kr)와
국가자료공동목록시스템(http://www.nl.go.kr/kolisnet)에서 이용하실 수 있습니다.
(CIP제어번호: CIP2018037986)

＊이 책은 관훈클럽신영연구기금의 도움을 받아 저술 출판되었습니다.